鬼島紘一

相克

Sou koku

ある禅僧と母との心の葛藤

東京図書出版

相克

一

北鎌倉にある円覚寺と言えば鎌倉五山のひとつで、鎌倉を代表する名刹である。休日ともなると朝早くから、境内を訪れる観光客が後を絶たない。近頃では外国人の姿も珍しくない。

円覚寺は、日本の禅宗を代表する臨済宗円覚寺派の大本山である。ＪＲの北鎌倉駅を降りてほんの数分も歩けば、左手の山の中に総門に登る長い石段が見える。その石段を上がって総門を潜ると、威容を誇る大きな山門が正面に立ちはだかっている。その奥には仏殿や大方丈などの古色蒼然とした寺社建築が山ノ内一帯の山々に囲まれた広大な傾斜地に立ち並んでいる。

この境内に入ると、ここが鉄道や幹線道路に近いということが信じられないくらいに静まり返っていて、壮大な建築物の厳粛で威厳のある姿に思わず襟を正したくなる。

この円覚寺は弘安五年（一二八二）に建立され、鎌倉や室町の時代には貴族や武士たちにも帰依する者が多くいた。今日、禅は多くの庶民に親しまれ盛んになっているが、鎌倉や室町の頃は一部の特権階級のものだった。この頃は、時の政権が後ろ盾になっていたこともあり禅宗は盛隆を極めていた。

ちなみに京都でも鎌倉でも五山と言えば、仏教寺院の代表格を表すものだが、いずれも禅宗の寺院ばかりだ。それらは鎌倉時代から室町時代に掛けて建立されたものだが、いかに当時の幕府が禅宗を重んじていたかが分かる。

江戸時代の中期には臨済宗に白隠禅師が現れ、禅を分かり易く説いたことから、庶民の間にも広がり始めた。今日のような禅の大衆化に大きく道を開いたところから、白隠《はくいん》禅師は禅宗においては中興の祖と呼ばれている。

しかし、こうして禅の大衆化が進む一方で、江戸幕府は禅宗と距離を置いていた。というよりは、江戸幕府は仏教を統治の一部に組み入れようとしたから、禅宗だけに肩入れをすることがなかったと言ったほうが良いかもしれない。あるいは、禅宗に重きを置き過ぎた鎌倉や室町時代への反動であったと言えるかもしれない。

いずれにせよ、江戸時代に入って世の中が大分変わったこともあって、幕府の後ろ盾を失った禅宗はすっかり廃頽し、没落していた。

大本山の円覚寺でさえも、その威光を失い、出家者も帰依する者も激減していた。禅宗の将来を担う若い雲水も減り、修行の場である僧堂は閑散としていたと言う。

それを見事に立て直したのが誠拙周樗《せいせつしゅうちょ》という禅僧だった。彼の名は一般には知られていないが、禅宗においては中興の祖の一人として白隠禅師と並び称されている。今も尚、没後五十年ごとに遠忌が営まれているが、ちょうど平成も最後になった平成三十一年の春に二百年大遠忌が盛大に執り行われた。死後二百年経った今も尚、彼の遺徳が偲ばれているのである。

周櫻が辿った道のりは険しく、並大抵のことではなかった。

彼が生まれたのは現在の愛媛県宇和島市で、まだ宇和島藩（あるいは伊達藩）と呼ばれていた江戸時代後期のことだった。宇和島藩の石高は十万石だから中規模の藩だが、本来実質的には七万石しかなかった。その石高を無理やり十万石に石直しした経緯がある。つまり実力以上に背伸びしたという事情があり、財政的には大変苦しい藩だった。実力は十万石に遠く及ばなかったにもかかわらず幕府から十万石に相応しい出費や労役を求められた。庶民はその分過大な税を納めなければならず、日々の暮らしは楽なものではなかった。

その宇和島藩の中でも周櫻が生まれた宇和島南部は特に貧しいところだった。由良半島がムカデのようにくねくねと宇和海に突き出しているが、この半島の景色は異様だった。半島の全てが赤土の段畑《だんばた》に覆われていて、それはまるで樹木が一本も無い禿山のようだった。その段畑が半島の付け根から突端まで連なっていた。由良半島は元々緑豊かな雑木林に覆われていたが、この半島には全くと言って良いほど平地が無かった。段畑は、漁民たちが雑木林を切り拓いて無理やり畑を作り上げた結果だった。藩は石直しのために農地を拡大する必要があり、耕作地の開墾を奨励した。藩の方針で土地は切り拓いた者の所有になった。だから、農民たちは我先に争うようにして切り拓いていったのだ。

今日ではこうした段畑はほとんど元の雑木林に戻ったが、江戸時代と同じ光景が昭和の頃まであったことが記録写真に残っている。いまでもこの頃の景観が僅かに遊子水荷浦地区に残っており、重要文化的景観として保存されている。

しかし、こうして開墾した土地は痩せており、水も雨に頼るだけだったから作物も限られていた。出来るのはサツマイモと麦だけで、その収穫量も限られていた。米が出来ないのだから住民たちが米を食べることはほとんどなく、食料の大半は段畑から取れるサツマイモと麦だった。

周樗が生まれたのは由良半島の付け根にある柿之浦という小さな漁村だった。柿之浦はちょうど入り江になっていて、漁船を係留するのに都合が良く、自然と漁村が出来た。

父の保田文蔵は村の鍛冶屋だった。当時は庶民にまだ苗字が認められない時代だったが、文蔵に保田姓があるのは彼が元々熊本藩士の家に生まれた武士だったからだ。しかし、彼は武士を捨て刀鍛冶として諸国を転々としていたようだ。なぜ武士の地位を捨ててまで刀工になったのか、それがなぜ南宇和の小さな漁村で鍛冶屋として住み着いたのか、今となっては分からない。

母は安《やす》と言って宇和島の対岸にある佐伯の出身と言われている。庶民の出であったことは間違いないようだが、正確なことは分からない。文蔵が各地を転々としていたときに佐伯で知り合ったのかもしれない。当時、武家は武家同士、庶民は庶民同士で結婚することが普通だった時代に、身分違いの二人が結ばれた経緯も分かっていない。

村の生活は宇和海で取れた鰯《いわし》に依存していた。宇和海は鰯の宝庫で、鰯は干鰯《ほしか》として農業の肥料に使われた。その品質が良いということで大坂の商人を経由して全国に売られた。江戸の初期の頃、宇和海の干鰯の生産高は西日本随一と言われていた。

だから、鰯が豊富に取れた江戸の中期頃までは貧しいながらも生活に多少の潤いはあった。ところが、周樗が生まれた江戸の後期になると鰯漁に陰りが出てきた。年々漁獲量が減ったのだ。鰯の取り過ぎとも、海流の変化が原因とも言われている。

刀鍛冶であった文蔵が漁師相手の鍛冶屋になったのは安と所帯を持ったからではないかと言われている。刀鍛冶として一人前になるには二十年も三十年も掛かる。安と夫婦になった文蔵は生活のために手っ取り早く稼げる道を選ばざるを得なかったのかもしれない。

文蔵は安との間に生まれた男の子に士郎という名を付けた。周樗の幼名である。文蔵は武士であったことを誇りに思っていたから、息子には侍らしい名前を付けたのだろう。

文蔵は腕の良い鍛冶屋として村でも評判で頼りにされていた。人望もあり、漁師のもめごとのまとめ役のようなこともしていたようだ。ところが士郎が一歳になる頃から体調を崩し、仕事が出来なくなった。肺結核ではなかったかと言われている。肺結核は当時不治の病であった。

文蔵の収入が無くなったことで、安は生活のために働かなければならなかった。彼女が出来ることといえば、浜に出て網曳きなど漁師の手伝いをすることくらいしかなかった。しかし、士郎がまだ幼く、感染の恐れもある病身の夫に任せて留守にするわけにもいかなかった。そのとき救いの手を差し伸べてくれたのが、隣地の崖の上にあった永楽寺の住職義道だった。

義道は、安が浜に出ている間士郎を寺で預かってくれた。そのうえ、文蔵の看病の合間に安に寺の掃除や縫物などをさせて駄賃も与えていた。駄賃は僅かなものだったが、それでも安には大変有難かった。網を曳いても貰えるのは雑魚ばかりで、食事の足しにはなったが、ほとんど現金収入にはならなかったからだ。

幼子を抱えた安にとって夫の看病をしながらの生活は大変だったが、義道の助けもあってなんとか生計を立てることが出来たのだ。

士郎は、朝晩、安が浜に出ている間本堂の片隅に置かれ、義道が朝課、晩課で唱えるお経を聴いていた。

永楽寺は臨済宗の末寺で禅寺だったから、お経は般若心経《はんにゃしんぎょう》だった。

「観自在菩薩　行深般若波羅蜜多時　照見五蘊皆空　度一切苦厄　舎利子　色不異空　空不異色　色即是空　空即是色……………………羯諦　羯諦　波羅　羯諦　波羅僧羯諦　菩提薩婆訶　般若心経」

義道はこれを毎日唱えた。

すると、士郎がまだ二歳になったばかりの、ある朝のことだった。このときも士郎は義道が朝課のお経を唱えている間、狭苦しい籠の中に押し込められ、ひとり天井を見ていた。朝課が終わった義道は、士郎が籠の中で不思議な呪文のようなものを呟いているのに気が付いた。士郎がまだ十分に言葉を話すことも出来なかった頃のことだ。義道はしばらくその呟きに耳を傾けていたが、それが何であるか分かって仰天した。そこにちょうど安が浜から上がって来たので、「安さん、安さん、早よう、こちらに来てくだされ」と手招きした。

安は義道が盛んに手招きするので、慌てて本堂に上がって士郎が入っている籠のところに来た。

「ちょいとこれを聴いてくだされ。ほれ士郎もう一度やってみい」

和尚は士郎に同じことをするように命じた。

安が籠の中を覗き込むと、士郎は機嫌が良さそうだった。そして、何かを一生懸命に口ずさみ始めた。

「んじー　ざーぼーさー　ぎょーじー　はんやー　はーらーみーたーじ　しょーけー　ごーおーかーくう……」

安は大変驚いた。それは安も知っている般若心経だった。まだ口が回らないので、おぼつかない口調だったが、間違いなく般若心経そのものを口ずさんでいた。

「……ぎゃーてー　ぎゃーてー　はーらーぎゃーてー　はらそーぎゃーてー　ぼーじーそわかー　はんやー　しんぎょーー」

しかも、士郎は最後まで間違いなく覚えていた。

士郎は義道が朝晩必ず唱えていた般若心経を耳で覚えてしまったのだ。まだ二歳になったばかりの幼児がだ。和尚が驚くのは当然だった。

「この子は、仏門に入れば、高僧間違いなしやな」

安は義道のことばに驚いた。安にとって僧侶は仰ぎ見る存在だった。それが高僧ともなれば雲の上の存在で庶民の子どもがなれるような卑近なものではないと思っていた。だから、士郎が高僧になれるなどと言われても信じられなかった。

そうかと言って、この頃安には士郎を将来何にしようという考えもなかった。というより、安にはそうしたことを考える余裕が無かった。朝は早くから浜に出て漁師の手伝いをした。昼間は文蔵の看病をしながら、お寺の仕事もしなければならなかった。晩はまた浜に出て漁師の手伝いだ。夜はしばしば血痰を吐く夫の看病をしながら、幼い士郎を育てていたのだから寝る間もなかった。安は生きるのが精一杯で疲れ果てていた。士郎の将来を考える時間など全く無かった。

士郎がまもなく三歳になろうというときだった。文蔵は大量の血を吐いて息を引き取った。まだ、三十歳の若さだった。安は最愛の夫を失って悲しみ、途方に暮れた。文蔵がいつか快復してくれるものと信じて看病に当たってきた苦労は水泡に帰した。あとにはやっと歩けるようになったばかりの士郎を残して逝ってしまった。

安の収入は浜の手伝いとお寺の仕事から貰える僅かな駄賃だけで、士郎と二人の生活は大変貧しいものだった。義道はそうした安の親子を憐れんで、寺に寄進される穀物や野菜の一部を分け与えていた。義道のそうした援助が無ければ、安たちの生活は立ち行かなかった。

文蔵が亡くなって一年近く経ったある日のことだった。

義道から、思いがけない話が持ち込まれた。

「安さんは家串《いえぐし》の平兵衛さんを知っていなさるか？」

家串というのは同じく由良半島の付け根にある漁村だった。柿之浦が半島の北側にあるのに対し、家串は南側にあった。直線距離でいえば半里（約二キロ）も離れていなかったが、由良半島の山々が間を遮っていた。山々と言っても、全てが段畑だったから、上り下りを何度も繰り返さなければならず行き来は容易ではなかった。手漕ぎの漁船で行くと、由良半島の突端を大きく迂回して行かなければならず、半日は掛かった。地理的には極めて近いところにありながら、実際には簡単に行けるところでは無かった。それでも長く住み着いている漁民同士の付き合いはあり、それぞれの村の消息はお互いに知っていた。

しかし、まだこの地に住み着いて間が無い安は家串と聞いても、ほとんど知らず、平兵衛などと言われてもさっぱり分からなかった。

「平兵衛さんはもう結構な歳らしいが、まだ一人もんでの。なんでもお前さんの評判を聞いて、ぜひとも嫁に貰いたいと言っておられるそうじゃ。お前さんのことは家串でも評判らしくてのの」

安はそう言われて少し顔を赤らめた。実際、安はこうした貧しい漁村には似つかわしくないくらいに垢ぬけた美人で、この半島では評判だった。夫の文蔵が亡くなってからは、不逞の輩どもがまとわりつくこともあって、この半年ほどは、安と士郎を永楽寺で匿《かくま》わねばならないほどだった。

「お前さんなら引手あまたで、もう少しええ話もあるかもしれん。しかし、士郎ももう三歳じゃ。新しい父親に懐《なつ》くには早いほうがええ。聞いたところでは、平兵衛さんというのは優しい、まじめな男じゃという。漁師だから、ここらの生活とも変わらんじゃろう。どうじゃろかの？」

安と亡き夫の文蔵は、おそらく恋愛の末に結ばれたのだろう。なにしろ身分違いの壁を乗り越えて結ばれていたのだから。そうであれば、安には文蔵への想いが今でもあったであろう。しかし、幼い士郎を連れての生活は楽ではなく、様々に助けてもらっている義道への気兼ねもあったに違いない。安は迷うことなく、その縁談を受け入れた。

「有難うございます、和尚様。良いお話をいただきまして、安はよろこんで参ります」

「おおそうか。安さんが喜んでくれるのなら、わしもうれしい。安さんがいなくなると寺の手伝いがいなくなって困るが、もともとそうじゃったのだから、それはなんとかするわい」

和尚は安堵の笑みを浮かべた。

「和尚様がお困りのときはいつでも参ります」

安は恩義のある和尚のためなら、段畑の山を幾つ越えてでもやってくる積りだった。

「安さん、あんたは律儀な人じゃな。そう言ってくれるだけで有難いことじゃ。家串との間はおなごではよう越えられんからの」

こうして安と士郎は和尚たちに見送られ、由良半島を廻る船で家串へと向かった。士郎が三歳のときだった。文蔵と愛を紡いだ小さな鍛冶屋の家は、こうして空き家となり、やがて廃屋となった。


家串は柿之浦とよく似た漁村だった。鰯漁に依存していることも、段畑でサツマイモや麦を作っていることも同じだった。

平兵衛は和尚が言う通り、まじめで正直な漁師だった。働き者で近所の評判も良く、安は安心して暮らすことが出来た。

問題は、士郎だった。なぜか士郎は平兵衛に懐かず、安の後ばかり付いて回っていた。士郎にとって突然目の前に現れた平兵衛は他人にしか見えなかったに違いない。

「士郎、平兵衛さんがあんたの新しいおとうよ。おとうと呼びなさい」

安がそう士郎に仕向けても一向に言うことを聞かなかった。

「安さん、そう無理に言わせせんでええ。そのうち自然にそう言うようになるやろ」

心の優しい平兵衛は、戸惑いを隠さなかったが、士郎を責めるようなことはなかった。

士郎はそれまで慣れ親しんだ永楽寺での生活が無くなったので、安の後を付いて回るしかなかった。朝は早くから安と一緒に浜に出て網を曳く手伝いをした。昼間は、平兵衛が持っている僅かな段畑に安と一緒に出て行ってサツマイモの苗の植え付けから除草、収穫までやった。麦刈りもやった。

常に安の尻に付いていていたから、村の人びとは士郎のことを、「まるで金魚の糞のようだな」と揶揄《やゆ》した。そうした揶揄が、士郎や安の耳に入ったかどうかは分からないが、とにかく、士郎にとって安と一緒にいる時間が至福のときだった。安も一人息子の士郎がいつも身近にいることで幸せを感じていたに違いない。

そのうちに安は平兵衛の子どもを宿した。安は身重になるとほとんど段畑に出られなくなった。士郎はその間、一人で山に登って行き、安に言いつけられた作業をこなしていた。なにぶん子どもだったから、大人のようなわけにはいかなかったが、士郎は働けない安のために一生懸命働いた。士郎は母のためならなんでもするというようなところがあった。

士郎には実父文蔵の父親としての記憶がほとんどなかった。安は病の感染を恐れて士郎を文蔵に近づけなかったから、安と親一人子一人で育ってきたも同然だった。士郎にとって安が掛け替えのない存在であったことは間違いない。永楽寺にいたときは和尚が父親代わりだったと言えないことはないが、士郎にとって和尚は異質の存在だった。安の和尚に対する遠慮のある接し方を見ていれば、父親とは思えなかっただろう。

やがて安に子どもが生まれた。士郎と四歳違いの弟だった。平蔵と名付けられた弟が生まれたことが士郎の立場を激変させた。弟と言っても、平兵衛と安の間に生まれた初めての男の子だから、事実上平兵衛の長男で跡取りということになる。

平兵衛が平蔵をかわいがったことは言うまでもない。士郎は相変わらず平兵衛に懐いていなかったから、平兵衛が勢い士郎に冷淡になることは仕方が無いことだった。

安は生まれたばかりの平蔵の世話に掛かりっきりになった。士郎の心に寂しさがあったことは間違いない。

それまで近所の子どもたちと遊ぶことが少なかった士郎だったが、自然と外に出て遊ぶことが多くなった。しかし、士郎をよそ者扱いする子どもたちとすぐに喧嘩になった。士郎は同じ年頃の子どもたちと比べてもひと回り大きな体をしていたから、腕力も強く、喧嘩になると負けることはなかった。怪我をさせることもあって、しばしば喧嘩相手の親たちが怒鳴り込んで来ることがあった。

小さな村だから、隣近所の付き合いは最も重要だった。いくら子どもの喧嘩とはいえ、相手に怪我をさせたとなれば、安はその子どもの家に行ってお詫びをしなければならなかった。

「ほんに申し訳ありません。士郎には絶対に喧嘩したらあかんと言い聞かせてあるんですが」

「安さんのその言葉は、もう何べんも聞いてますわ。ほんとにもういい加減にしてもらえんですかの」

安は怪我をした子どもの親の前で平身低頭を何度も何度も繰り返した。

安は勿論本気で士郎に怒った。

「あんたみたいに私の言うことが聞けない子は要らん。お寺さんに貰ろうてもらわないけんね」

安は、もう家に置いておけないと繰り返し言って士郎を脅した。当時、言うことを聞かない子どもに対して、寺に預けるということが常套《じょうとう》の脅し文句だった。

しかし、士郎にはさっぱり通じなかった。永楽寺で育ったも同様の士郎にとって寺は身近な存在であったから、別に怖いものでも恐ろしいものでもなかった。

しかも安が本当にそうするはずが無いと信じていた。実際、安にもその気は無かった。

安は、士郎が村の子どもたちと喧嘩しないように、出来るだけ赤ん坊の平蔵と一緒に自分の傍に置くようにした。段畑に出るときは、必ず士郎を連れて山に登った。安は幼い平蔵を背負い籠に入れ、手には鋤《すき》などの農具を持って急な坂を登った。

小柄な安にとって平蔵を背負って急な坂を登るのは重労働だった。そういうとき士郎は安の手を引いたり、尻を押したりして助けた。士郎は子どもと言っても足腰がしっかりして、力があった。

士郎は、安の手を引きながら、「おかあの手はちっこい」と言って笑った。安の小柄な身体は子どもの目からも小さく見えたのだろう。安は、「おまえのようなちっちゃな子どもにちっこいと言われたのでは、おかあも面目無しやなあ」と言って笑った。

士郎は、坂の急なところでは安の尻に回って、下から尻を持ち上げるようにして押し上げた。

「おかあの尻は柔らかいなあ。まるで饅頭のようじゃ」

士郎は安の尻を押しながら笑った。安は、

「あたしの尻は饅頭かいな？　あんたや平蔵を生んだ大事な尻じゃあけん、饅頭のような食い物とは違うぞよ」

と言って笑った。

士郎は安と軽口を言い合うのが何よりも楽しかった。

平兵衛の畑は、段畑の中腹よりかなり上にあった。頂上までの高さは三十三丈（約百メートル）あったから、七、八十メートルくらいの高さはあったであろう。今の建物で言えば二十階以上の高さはあった。ここからは由良半島の先のほうまで見えた。そして、半島に囲まれるようにして大きな内海が蒼々《あおあお》と広がっていた。士郎はこの景色が好きだった。段畑に上がると、まず内海の雄大な海原を眺めては、安と「あれが鹿島、その向こうが小横島」などと遠くに見える島々の名前を当てっこするのだった。

サツマイモはこの村の主要な食料だったから、収穫時期になると多くの村人が山に登って、それぞれの畑で芋掘りをした。段畑の土は痩せていたから、サツマイモの身も痩せていた。しかし、それでもまれに大きなものがあり、大人の安でも土から引き抜けないことがあった。そういうときには士郎と一緒に力を合わせて引き抜くのだが、大抵は急に抜けるものだから、抜けた拍子に二人とも後ろにのけぞって尻もちをついた。それが面白く、二人は笑い転げた。その様子を幼い平蔵も籠の中から見ていて笑った。

こうして安と士郎、それに幼い平蔵が段畑に登ると笑いが絶えなかった。士郎にとって段畑で過ごす安との時間はこのうえなく楽しい時間であった。

安はこうして、士郎が村の子どもたちと喧嘩をしないように工夫していたのだが、士郎のやんちゃぶりに目を付けたのが漁師たちだった。

「平兵衛さんとこの士郎はすばしっこそうじゃ。力もあるし、テンポにもってこいじゃろ」

テンポというのは鰯漁の間に網から逃げる鰯を追い返すてん棒で長さ三尺（約九十センチ）ばかりの丸太のことだ。それが転じて小舟から海中に投げる役目のこともテンポと言った。

鰯漁というのは、八人乗りの手漕ぎ船二艘で沖合に出て、鰯の大軍を大網で囲い込むようにして海岸へと追い詰めてゆく。そして海岸へ網が着いたところで浜に待機している女、子どもや年寄りが総出で曳き上げて、鰯を捕獲する。

ところが、沖合から二艘の船で大網を曳く間に、網の口元のほうから鰯の大軍がどんどん網の外に逃げ出して行く。そこで、網の口元のほうに小舟を浮かべ、その舟から海中にてん棒を投げ込んで、鰯を脅し、外に逃げるのを防ぐのだ。

小舟は小回りが利かないと鰯に逃げられてしまうから、大人一人と子ども一人が乗るだけの小さなものだ。大人が漕いで、子どもがてん棒を投げる役を務める。子どもは小さいほうが良いが、小さすぎるとてん棒を投げる力が弱く、鰯を十分に脅すことが出来ない。そこで大抵十歳前後の小柄な子どもがこの役を務めるのだが、まだ七歳になったばかりでも機敏で力が強い士郎に目がつけられた。テンポは子どもたちの憧れの役で、誰もが一度はやりたがった。しかし、誰でも出来るものでは無く、テンポは子どもたちからも大人たちからも一目置かれた。

安も、漁師たちからそういう声が上がるのは名誉なこととは思ったが、まだ、泳ぎも十分に出来ない士郎には危険な仕事だと心配した。

「士郎、おまえ、テンポやってみるか？」

安は心配そうに士郎の顔を覗き込んで訊いた。

すると、士郎は即座に「やる。おれやってみる」と言って喜んだ。

士郎は、いつも浜からテンポの働きを羨望の目で見ていたから、自分でもやってみたいと思っていたに違いない。安の心配をよそに、嬉々として舟に乗って行った。

士郎は最初こそ、揺れる小舟に体のバランスを失い、何度も海に落ちた。安はその様子を浜から見ていて気が気ではなかった。

士郎が船上でふらつくと、

「士郎！　船べりをしっかり掴め！」

と大声で叫んだ。

士郎は慣れないうちは海に落ちて救い上げられたが、短期間のうちに舟が揺れても足を踏ん張れるようになった。こうなると、腕力があったから、てん棒を思いっきり海中に放り込んだ。そうすると、網の口元から逃げようとしていた鰯の大軍は驚いて網の奥の方に自ら方向を変えて逃げて行く。そのたびに本船の上で大網を曳いていた漁師たちが喝さいを上げた。

「いいぞ、士郎、すげえぞ！」

「あんなに小せえのによくやる。たまげた子どもだ」

「浜一番のガキだな」

士郎の働きぶりはたちまち浜中の評判になった。

しかし、士郎が目立てば目立つほど、漁師の間では、士郎を気の毒がる者が多くあった。このまま彼が成長すれば立派な漁師になれることは間違いなかったのだが、平蔵が居るかぎり跡取りにはなれない。士郎が跡取りになるには男子の跡継ぎが無い家に養子に入るしか無かったのだが、家串にはそういう家は無く、近郷近在にもなかった。

このことは士郎の耳にも入った。

ある寒い朝のことだった。この日は海が荒れて漁が出来ず、漁師も女も子どもも皆浜に出て網の修理に精を出していた。

何人かの漁師が暖を取るために薪を燃やした火の周りに集まっていた。そして、様々な話をしていた。士郎はその近くで女や子どもたちに混じって、網の繕いをしていた。そこに漁師たちの声が聞こえてきた。

「士郎は気の毒だな。あれだけ働けるのに将来、跡取りになれるわけではねえからな」

「そりゃ、そうだ。平蔵がいるからにゃ、平蔵が跡取りになることは間違いねえだからな」

「士郎が分かる歳になったら可哀そうだな」

その男たちの話し声を聞きつけた安は士郎の傍に寄って行って、士郎を手招きした。

「士郎、家に帰ろう。今日は寒いで、身体によくねえ」

安はそう言って士郎を家に連れて帰った。安が、漁師たちの話を士郎の耳に入れたくなかったのは明らかだった。

士郎には大人の会話の意味が十分には分からなかったが、自分は将来漁師になれないのだろうかと漠然と不安を感じた。

「跡取りになれねえってどういうこと？　おれは漁師になれねえのか？」

士郎は手を引く安を見上げて訊いた。

「そんなこと心配しねえでええ。士郎には立派な仕事を見つけてやるけん。漁師ばかりが仕事じゃねえからな」

士郎には、なぜ自分が跡取りになれないのか。それは漁師になれないことを意味するのか、さっぱり分からなかった。それが分かるにはまだ幼過ぎた。

平兵衛には相変わらず懐かなかった士郎だが、父が異なっても弟の平蔵は可愛がった。漁の仕事が終わると、平蔵を背負って遊びに出ることもあった。

士郎がテンポになってからは、子どもたちの間でも士郎はもはや暴れん坊のよそ者ではなく、一目置かれる存在になっていた。近隣の子どもたちのリーダーとして認知され、喧嘩をすることもほとんど無くなった。唯一例外であったのは、誰かが平蔵をいじめたときだった。士郎は烈火のごとく怒って、狂暴になった。だから、誰も幼い平蔵をいじめることはなかった。平蔵は士郎という強い兄がいることで守られていた。異父兄弟でありながら、実の兄弟以上に仲が良いと村では評判だった。それがまた、大人たちの士郎に対する同情の気持ちを誘った。

「結局、士郎は平蔵に追い出されることになるんじゃろうの？」

「あれだけ仲の良い兄弟なのに因果なことじゃな」

「まだ士郎には分からんじゃろが、分かるようになったら気の毒なことじゃな」

安の耳にもそうした村人の声が入らないはずがなかった。安にも士郎の将来は気掛かりだった。弟の平蔵に気兼ねしながら生きてゆく士郎の姿を想像しては気の毒になった。安は、士郎の将来を考えて動き始めた。平蔵が三歳になっていたから、少し手が離れるようになったこともあった。

夏の暑い頃だった。ある日、安は突然居なくなった。安はそのことを士郎に話していなかった。

夫の平兵衛はもちろん本当の事情を知っていた。士郎には安が郷里に用事があって出かけているとだけ説明していた。そして、

「すぐに帰ってくるけん、心配するでねえ、士郎」

と言っては安心させていた。

しかし、安から事情を聞いていなかった士郎は不安だった。安がこのままずっと帰って来ないのではないかと思うと気が気ではなかった。

士郎は、安が居なくなったのは自分の所為《せい》ではないだろうかと心配になった。やんちゃな士郎は安に随分と迷惑を掛けてきたことは分かっていた。胸に手を当てると、安が士郎に愛想を尽かして出て行ったのではないかと思われる事が様々に思い浮かんできた。

十日ばかり前には、久しぶりに村の子どもと喧嘩になり怪我をさせてしまった。怒り狂った子どもの親が怒鳴り込んできて安は平身低頭だった。このとき安は、「何度言うたら分かるんや。おまえの顔など二度と見とうないわ」と言って、士郎を叱りつけた。

その数日あとには、言うことを聞かない平蔵の頭をぽかりと殴って大泣きさせた。安は、「ちっさな平蔵になんてことをする。お前のようなものは兄の資格がないわ。うちにおらんでええ」と言って怒った。

夏場は時化《しけ》が多く、鰯漁はもちろんのこと雑魚すら取ることが出来ない日が続く。そうなると食卓には碌《ろく》なおかずもなく、サツマイモの蒸かしたものや雑炊ばかりの日が続く。つい士郎

は、「毎日芋や雑炊ばかりで、もう嫌じゃ」と言って安を困らせたこともあった。

士郎はそうした自分の振る舞いを思い起こしては深く後悔した。

「おかあ、勘弁な。おれはもう二度と喧嘩もせんし、わがままも言わん。じゃけん、すぐに帰ってきてくれ。おれが悪かったけん」

士郎はそう言いながら、義道和尚がやっていたように小さな手を合わせて合掌し、祈った。

それでも安は帰って来なかった。家には弟の平蔵がいたので、それが士郎には救いだったが、安がいない家に馴染めない平兵衛と居るのは気づまりだった。

平蔵も母が居なくなって恋しいのだろう。しばしば、「おかあ」と言って泣いた。その気持ちが士郎にもよく分かったが、自分にもどうしようもなかった。それが腹立たしく、情けなかった。平蔵が泣くのが煩わしく、つい「平蔵、うるせえ。泣くな!」と辛く当たった。

平兵衛に「おかあはいつ帰ってくるか?」と毎日のように訊いては煩がられた。

「士郎、おかあは必ず帰って来る。そう心配するな。おめえが心配するから平蔵も心配する。男が余計な心配をするでねえ」

平兵衛は珍しく士郎を叱った。

それがまた士郎を苛立たせた。


安が居なくなってからひと月近くが経った。

士郎の心配を他所《よそ》に、安はある日何事も無かったかのように突然戻って来た。安は平兵衛から士郎が毎日のように心配していたと聞いて、士郎に詫びた。

「悪かったねえ、士郎。何も言わんと出て行って。ちょっと用事があったけんね」

士郎は安の顔を見てほんとうに安心し、安の腰に抱き着いておいおいと泣いた。士郎がこれほど泣いたことはなく、それだけ不安で恋しかったのだろう。

安は不在の間どうしていたのか、ついに士郎に向かって話すことはなかった。しかし、平兵衛と留守の間のことを話すのを聞くと、安が士郎のことで何かはっきりとした目的があって出かけていたのだということは分かった。行った先は前夫の文蔵の実家があった熊本らしいことも分かった。そして、望んでいたことが叶えられなかったということも分かった。安が落胆している様子が士郎にもはっきりと見て取れたからだ。

安はこのとき九州から来るお遍路たちに紛れて熊本を往復していたと思われる。由良半島の東側には土佐と宇和島城下を結ぶ灘道《なだみち》があり、ここを四国八十八か所を巡るお遍路が多く通った。女の一人旅は危険な時分であったので、安はここで熊本方面に戻るお遍路の組を待って九州に渡り、帰りは熊本から四国に渡る組があるのを待って戻って来たのだろう。時間が掛かったのは、運よくそうした一行が通るのを待っていたからだと思われる。

そのときの安の行動が士郎の将来に関わることであったと分かったのは、安が亡くなってからのことだ。安は九十九歳という当時としては珍しい長寿で亡くなった。このとき士郎は京都の寺にいた。安の死は宇和島から弟の平蔵によってもたらされた。安は生前、熊本に行って何をしていたかを平蔵だけに詳しく語っていた。士郎はその真実をこのとき初めて平蔵から聞いた。だから、士郎が本当のことを知ったのは七十年近くも後のことになる。

士郎には安が戻って来る途中で柿之浦の永楽寺に寄ったことが分かった。安が和尚から珍しい餅菓子を貰ってきたからだ。士郎が安と一緒に永楽寺に居たときには、寺の檀家が伊予松山や備前などに行ったお土産を持参することがあった。二人はこうした土産のおすそ分けを頂くのが楽しみだった。安は、このときも、そうしたお土産の餅菓子を貰ってきたのだった。

それからしばらくした、ある日のことだった。突然、永楽寺の義道は士郎が見たことが無い僧侶を伴って士郎の元へ現れた。

平兵衛は浜に出ていたから、家には士郎のほかには安と平蔵がいるばかりだった。

この僧侶は相当に地位が高い者と見えて、義道はしばしば腰を低くして頭を下げていた。安は、この僧侶の前で見たことが無いほど緊張していた。

「わざわざこんな遠いところにお出でいただきまして、恐縮のいたりでございます」

安は今まで聞いたことが無いような丁寧な言葉を並べて、何度も頭を下げていた。

安は震える手でお茶を出していた。相当に緊張していることは士郎にも分かった。

僧侶はお茶を振る舞われている間、士郎のことをじっと見ていた。

「この子が士郎というお子ですな。なるほど、なかなか賢そうだ」

そう言って、目を細めた。

士郎は、僧侶の視線に今まで経験したことのない威圧を感じた。その目は士郎の心の中まで見抜くようで落ち着かなかった。

「二歳で般若心経を覚えたそうですな」

僧侶は安にそう言ってほほ笑んだ。

安は僧侶の言葉に緊張が緩んだのか、

「おほほほ」

と思わず口元を押さえた。

義道も僧侶の横で大きく頷きながら士郎を見て笑って言った。

「ええ、わたしもこの子には驚きました。なにしろまだ言葉もろくにしゃべれない時分でしたから」

安は僧侶と義道の言葉に少し気持ちが和らいだようだった。

「物覚えがええのでしょうな。二歳の赤子が般若心経を覚えたというのは聞いたことがありませんからの」

僧侶もそう言って相槌を打った。

「この子は寺子屋にやったこともございませんけど、漢字などもどこで覚えたのか、地名や人名などもかなり書けます」

安は横にいた士郎の頭を撫でながら言った。

家串には泉法寺という寺があって、子どもたちに手習いを教える寺子屋になっていた。子どもの教育には熱心な村で、ほとんどの家の子どもたちがここに通っていた。しかし、安は士郎が喧嘩ばかりするということもあって、彼を寺子屋にやらなかった。それでも士郎は漢字を知っていた。士郎は安の目を盗むようにして村の子どもたちと遊んでいたから、そこで教わったのだろう。

義道は頼もしそうに士郎の顔を見て言った。

「おい、士郎、テンポをやっているらしいやないか。村の者が話しておったぞ。お前の歳では珍しいことじゃのお」

義道はそう言ってから、テンポが何かということを知らなかった僧侶に詳しく説明した。

「ほお、そうですか。身体も達者ということですな。ますますよろしい」

僧侶はそう言って喜んだ。

安は嬉しそうに笑顔になった。

「ええ、歳の割に力があってすばしっこいところがありますもので、村の者からテンポにはもってこいだと言われまして。本人もその気になったものですから、やらせてみました。もっともやんちゃでさっぱり言う事を聞かないものですから、ときおりてこずって……」

と言いかけて、安は慌てて言葉を濁した。

「いや、でも、足腰がしっかりしていますので畑の仕事なども一生懸命手伝ってくれて助かっております。なにしろ段畑の仕事は大変なもので。それに弟想いのところなどありまして、平蔵の面倒もよく見てくれとります」

安は僧侶の目をじっと見ながら士郎の良いところを一心に並べ立てていた。

「そうですか。それはなかなかよろしい。見たところ、この子なら良い。ぜひ、ご希望に沿えるように、私どもとしても用意しておきますので」

僧侶は意味ありげに義道と安の顔を交互に見比べながらそう言った。

安の顔に安堵の色があった。

僧侶は、こうして士郎には意味の分からない言葉を残して義道とともに出て行った。

このことがあってから、安の様子が変わった。

安は亡き文蔵の着物を押し入れから取り出し、丁寧に解いていた。そして、それを子ども用の着物に仕立て直すのに夜なべしていた。

僧侶が来てから一か月も経たない頃だった。秋も深まって、やがて冬になろうとしていた。

突然、安が士郎に「お城下」に連れて行くと言った。

「お城下？」

お城下と聞いても士郎にはどんなところか想像も付かなかった。

お城下とは言うまでも無く宇和島城下のことだ。しかし、家串は城下から最も遠いところのひとつで大人といえども行ったことが無い者が多かった。

もちろん士郎も行ったことが無かった。

「大きなお城がある一番大きい街なのよ」

そう言う安も実は行ったことが無かった。

「大きい街？」

士郎はそう言われても想像が出来なかった。なにしろ、生まれた柿之浦と今居る家串、それに半島に点在する幾つかの村々を知っているだけだったから。大きな街と言われても想像が出来なかった。

「なにしに行くん？」

士郎は安の顔を見つめながら訊いた。

「士郎を立派にするためよ」

安は諭すように言った。

「立派に？」

士郎にはどういうことかさっぱり分からなかった。

「そう、立派になるのよ、お城下で」

「？」

士郎はどう反応したら良いのかも分からなかった。自分にとって良いことなのか、悪いことなのか判断のしようもなかった。しかし、悪いことでは無さそうだった。

安の口ぶりでは短い期間ではなく、しばらくの間、城下にいなければならない様子だった。安はどのくらいそこにいるのかと士郎に訊かれると言葉を濁した。

「しばらくの辛抱じゃけん」

安はそうとしか言わなかった。

不安で一杯だった士郎だが、一方では城下に行くことに興味を感じていた。好奇心が盛んなこともあり、何か新しい世界を見られることに期待を持った。だから、出発の日の朝は安や平兵衛の心配をよそに生き生きとしていた。

平兵衛は「士郎、達者でな。身体には気い付けろよ。大きくなって立派になったら帰って来い」と永い別れのような言い方をしたのが、士郎には違和感があった。

平兵衛は抱いていた平蔵の小さな手を取って、士郎に別れの挨拶の積りか手を振らせた。

士郎は、これが平蔵との別れになるとは想像もしていなかった。平蔵もこれが大好きな兄との別れだとは知るはずもなかった。

安は夜のうちに握り飯や水筒などを用意し、朝は暗いうちに士郎を伴って家を出た。

士郎はまだ城下に行く本当のわけを理解していなかったが、とにかく安に言われれば、その通りにするというのが当たり前だった。士郎は安を信じ切っていた。安が士郎のためにならないことをするはずがないと思っていた。

「いつ帰って来るのか？」

士郎は安に繰り返し訊いた。

しかし、安はそれに答えなかった。

家串から城下までは十二里（約五十キロ）ほどあった。その間には、高低差の激しい峠が幾つもあった。それを一日で歩いて行こうと言うのだ。男の足なら十分行ける距離だったが、女や幼い子どもの足では過酷とも思える行程だった。

まず二人は、半島の根本に当たる鳥越《とりごえ》を目指して、東に向かった。男であれば、段畑を北上して、半島の裏側に出てから東進する道もあった。しかし、このルートは七十丈（約二百十メートル）を超える峰を越えなければならず、安と士郎には難しかった。そこで比較的山が低い鳥越を越えて行くルートを取った。それでも家串の東側に聳《そび》える峠を越えなければならなかった。

峠の頂上は家串の段畑とほぼ同じ高さにあった。この頂上に着いた頃には、空も明るくなり、家串の村も、宇和海の内海も、半島の上に連なる段畑も一望のもとに見渡すことが出来た。

「わあ、家串がよう見える。うちはあそこじゃね」

この方角から家串を見たことが無かった士郎は、村の方を指さして歓声を上げた。この峠から見える村は全体を俯瞰することが出来た。村はくねくねと長く伸びた半島の入り江に張り付くようにしてあった。士郎の目には意外なほど小さく見えた。

士郎は、これが家串を見る最後になるとは夢にだに思わなかったが、このときの光景は終生忘れることがなかった。士郎はこれを最後に、七十五年の生涯を閉じるまで一度たりともこの地を踏むことがなかった。

この峠を東に下りると、もう家串は見えなかった。そこから鳥越までは海岸に沿って歩いた。海岸からは家串では見えなかった島々が遠くに見えた。安と士郎は立ち止まっては、あの島はなんと言う名前だろうかと当てっこしたが、二人にも分からない島が多かった。この辺りの海岸はどこも岩がごつごつして変化に富んでいた。それとは対照的に湾の水面はまっ平らで静かだった。それが朝日に照らされてきらきらと美しく輝いていた。鳥越から北に向きを変えたが、その先には士郎が生まれた柿之浦があった。鳥越から柿之浦までは一里も無かったが、いくつも峠があって最初の難所だった。安と士郎は、互いに励まし合って、この難所を乗り越えた。

士郎は四年ぶりに柿之浦を見た。しかし、柿之浦にいたときの生活は永楽寺とその周辺に限られていたこともあって、全く知らない土地に来たような印象だった。安は永楽寺に寄って義道和尚に挨拶して行く積りだった。

永楽寺の崖の下には文蔵と暮らした家がまだあった。しかし、人が住んでいない家は朽ちるのが早い。茅葺屋根には草が生え、軒先には蜘蛛の巣が無数に張り付いていた。表の戸は閂《かんぬき》が外され、簡単に開いた。誰かが入ったものと思われたが、中は昔のままだった。窓を閉め切ったままの中はうす暗かったが、土間には文蔵が鍛冶仕事に使っていた炉が、そのまま残っていた。奥には飯炊きに使った竈《かま》もあり、安の脳裏に夫の文蔵と幼い士郎との三人で暮らした日々が走馬灯のように蘇《よみがえ》った。ここでの幸せな日々は短かった。文蔵が病に臥せってからの日々は地獄のようだった。しかし、それでも安にとって、ここでの生活はかけがえが無いものだった。それを思い出しては涙した。

士郎は、家の中を見ても自分がここに住んでいたという実感が無かった、安がしばらく佇《たたず》んで涙を流している理由も分からなかった。

「ここにうちらは住んでいたんよ」

士郎は安からそう聞いても、思い出すことは無く、ただ黙ってじっと暗い土間を見るばかりだった。

ふたりが崖の石段を登って永楽寺に着くと、和尚はちょうどお粥の支度をしていた。安と士郎の顔を見ると、大変な喜びようで、粥を食べて行けと盛んに勧めた。安はまだ長い道中があるのでと遠慮したが、和尚はそう言わずにと言って、三つのお椀に粥を装った。

和尚は、安と士郎がなぜここに寄ったのかは聞くまでもなく知っていた。そして、ふたりに粥を振る舞いながら、士郎に向かって言った。

「士郎、お城下でしっかり修行せえ。そして、立派な僧侶になるのじゃ。お前なら必ずなれる」

「僧侶？」

士郎には初めて聞く言葉だった。士郎は不安そうに安の顔を見た。

「お坊さんのことじゃ」

和尚がそう言ったので安が慌てた。

「和尚様、それについてはまだこの子には話しておりませんで」

それを聞いて、和尚も少し慌てた。

「おお、そうじゃったか。それは余計なことを申した。士郎、心配せんでもええ。お前は選ばれたのじゃ。だから一生懸命にやってさえすればええ。お前は立派になれる」

和尚は少しまくし立てるように言った。

士郎には安と和尚の慌てようが奇異に感じられた。何か、全く知らないところで、自分の運命が決められているようで不安になった。

しかし、まだ僧侶になるということがどういうことなのか分からなかった。一生を僧侶として過ごすことなどは想像も出来なかった。


二人はお粥をいただくと和尚に挨拶して早々に永楽寺を後にした。

そして、柿之浦から北上し嵐を目指した。この辺りは宇和島城下まで続く灘道があり海岸線に沿って道が有った。峠らしい峠はほとんどなかった。二人は左手に静かな宇和海を見ながら、ひたすら歩いた。

晩秋の風は心地よく、歩みを止めると、額に滲んだ汗に風が当たって爽やかだった。

士郎は、義道和尚が言ったことが頭から離れなかった。そして、安に訊いた。

「おれはお坊さんになるのか？」

士郎は自分が義道と同じ僧侶になるということが信じられなかった。自分の僧侶姿を想像することが出来なかった。

士郎の問いに安は黙って頷くだけで、それ以上何も答えなかった。

士郎にはそれが不満だった。なぜ安はそれ以上語ろうとしないのか。何か言えない事情があるのだろうか。それはきっと自分にとって何か不都合なことなのだろう。安はそれを言わないまま、無理やり自分を城下に連れて行こうとしている。士郎の心の中にふと安に対する不信が生まれていた。そんなことは生まれて初めてのことだった。安にどんなに怒られようが、叱られようが、安を疑ったことは一度もなかった。先を急いでどんどん前を行く安を士郎は押しとどめて詰問したい衝動に駆られていたが、安の後ろ姿はそれを許さなかった。嵐を過ぎるとこれまでの平坦な道とは違って低い峠を幾つか上り下りした。

最後の峠を下りるとそこは大門という谷合だった。そこで、安はやっと一服した。

二人は竹で作った水筒の水を分け合って飲んだ。

「ふう、大分来たね。士郎、よう頑張ったねえ。でも、まだこれまでの何倍も歩かにゃいけん。士郎は大丈夫か？　腹は空かんか？」

士郎は大丈夫だというように黙って頷いたが、そんなことより自分は城下で何をして、どのくらいの期間居なければならないのかが訊きたくて仕方がなかった。しかし、安の横顔には士郎の問いには一切答えないという固い決意のようなものがあって、訊きにくいものがあった。

一服終えると、そこからは緩やかな流れの芳原川に沿ってひたすら街道を更に北上した。芳原川は川幅が広い岩松川に注ぎ込んでいた。ここで岩松川を渡るとほぼ城下までの行程の半分を来たことになる。

安は通りかかったお遍路の一行に、「ここは岩松川でしょうか？」と尋ねた。この辺りはお遍路道になっていて、しばしばこうした一行と出くわした。

「そうじゃ、岩松川じゃ。ええ？　城下に行きなさると？　家串から？」

お遍路の一行は女と幼い子ども連れが宇和島南端の家串から城下まで一日で行こうとしていることを知って驚いた。そして、

「これからが大変じゃけん。気を付けて行きなされ」

と言って元気付けた。

安は道が間違っていなかったことを知って安心した。そして、一行に礼を言って、また歩いた。

「この調子なら日のあるうちにお城下に着くね。もう少しの辛抱じゃ」

安は明るいうちに城下に着きたいと思っていたので、士郎にそう言って励ました。

永楽寺でお粥を頂いたお陰で二人はさほど空腹を感じることもなく歩いて来たが、さすがに昼近くなってお腹が空いていた。

二人は、それぞれが背負って来た風呂敷包みの中から笹に巻いた大きな握り飯を取り出すと、ぱくついた。安はこのときのために高価な米を買い、麦と混ぜて握り飯を作っていた。

「米の握り飯はうめえなあ」

士郎はむしゃぶりついていた。実際、こんなにおいしい握り飯は初めてだった。

家串では主食はサツマイモと麦で、お祝いでも無ければ白米などめったに口にできなかった。麦が混じっているとはいえ白米の握り飯などは贅沢で、士郎は食べたことがなかった。

ここまで順調に歩いて来たふたりだったが、ここからが大変だった。岩松川は、しばしば氾濫を繰り返す暴れ川で、くねくねと曲がっていた。道が川に沿ってあったが、氾濫のたびに崩れ、ほとんどが道というよりは河原だった。しかも河原は大きな石がごろごろしていて歩きにくかった。安と士郎はしばしば石に足を取られて、転げそうになった。ふたりはしっかりと手をつないで転ばないようにしていたが、しばしばふらついて膝を付いた。

実際は半里（約二キロ）程度の河原だったが、ふたりには一里にも二里にも感じられた。やっと河原を歩き切った頃には、安も士郎も足を引きずるようになった。それほど、この河原はふたりに過酷だった。

ふたりは河原を抜けて高田から松尾へと向かった。松尾から柿の木に至る一里余りの旧道は峠に次ぐ峠だった。しかも、山道は狭く、人がやっと行き違うほどの幅しかなかった。ここは行けども行けども先が見えない最大の難所だった。ふたりは言葉を交わす元気もなく、ただひたすら足元を見て歩いた。しばらく行っては休み、またしばらく行っては休むということを繰り返していた。ところが、木々が鬱蒼と茂った山中で士郎の足が動かなくなった。

安は腰を下ろせる場所を見つけると、ここで永い休憩を取った。平地を歩いていたときは何人ものお遍路とすれ違ったが、この山中に入ってからはただの一人も見なかった。ここで屈強な盗賊にでも出会ったら、安と士郎ではたちまち身ぐるみを剝《は》がされてしまうだろう。

士郎は家串に居る時に漁師たちから、世の中で一番恐ろしい者は海賊と山賊だと何度も聞いていた。彼らは容赦なく人の首を刎《は》ねるのだという。そういう残虐な話を聞かされるたびに身の毛がよだった。この山中はそうした山賊が出てきても不思議が無いほど森が深かった。由良半島の一本の木もない禿山のような風景しか知らなかった士郎にとって、木々が鬱蒼と茂っているだけで別世界であった。山の奥の方から動物のものと思われる薄気味悪い鳴き声が響き渡ってきた。それが野猿たちの遠吠えであることも知らなかった。

士郎は薄気味の悪い周囲を不安そうに見まわしながら、もし山賊が出てきたらどうしようと気を揉んでいた。か弱い安では屈強な男どもに立ち向かうことは出来ない。男の自分が闘わなければならない。安を守らなければならない。しかし、自分のような子どもが野蛮な大人どもに敵うわけがない。士郎はそんなことを考えては不安になった。

ただでもなぜ城下に行かなければならないのか不信を募らせていた士郎は、

「おかあ、家串に帰ろ。おれ、もう歩くのは嫌じゃ」

そう言って駄々を捏《こ》ねた。

「馬鹿言うでねえ。もうお城下のほうが近え。ここで家串に戻れば、今日中には着けねえ。そうなれば途中で行倒れじゃ。死にに帰るようなものじゃ」

安には引き返す気持ちは全くなかった。

「おれはもう嫌じゃ」

士郎は行くも地獄、戻るも地獄という窮地に立たされたような気持ちになった。そして珍しくべそを掻いた。

段畑での重労働でも、テンポの危険な仕事でも泣き言一つ言わなかった士郎が半泣きになった。それほどきつかったのだ。

「士郎、見損なったぞ。お前はもっと強い男じゃと思っておった。村では一番のガキ大将でも、ここではただの弱虫じゃのお。情けないぞ」

士郎は、安に弱虫とののしられて、自分でも不甲斐ないと恥じた。それからは弱音を吐くのは止めようと思った。

「士郎、残りの握り飯じゃ。もうお城下は近いけん、ここで食べよう」

安は、そこで万一に備えて残しておいた握り飯を取り出した。そして士郎と分けると、ふたりで空腹を満たした。城下まではもう僅かだから食べ尽くしても大丈夫だと思ったのだ。

ここで永く休んだのと空腹を満たしたことで、ふたりは再び歩く元気を取り戻した。そして、長い山中を抜けて、城下まであと一里という柿の木に下りた。このときにはまだ日があった。ところが、城下の縁に当たる寄松辺りに着いたところで日が落ちた。


士郎にとって目の前に広がる宇和島城下は想像を超える大きさだった。通りを歩く人の数にも驚いた。見るものが皆珍しく、大小の家々が並んだ街並みにただ圧倒されていた。

日が暮れて、町民は皆家路を急いでいた。安は城下で人に訊けば佛海寺はすぐに分かるだろうと思っていた。ところが、どこで訊いても知っている者は無かった。

「佛海寺？　聞いたことねえな。なにしろここにはお寺さんはいくらでもあるからの。優に百はあろうよ」

安は寺が百もあると聞いて驚いた。ここは寺が数えるほどしか無い由良半島の田舎とは訳が違うのだということを思い知った。

安と士郎は、全く方角が分からないまま、知らない街をさ迷うこととなった。

暗くなるに従って通りに並んでいた店が次々と戸を閉じ、大通りの人通りが絶えた。裏通りでは、あちらこちらで家々に灯りが点った。それぞれの家から夕餉の味噌汁の匂いが漂い、魚を焼く強烈な匂いとともに煙があちこちの軒先から上った。

子どものいる家からは、家族団らんの賑やかな声が聞こえてきた。安と士郎はそれらを横目に見ながら、ただひたすらに佛海寺を探した。

佛海寺が城に近いと聞いていた安は、城下のどこからでも見える城郭を目印にして、その周りをぐるぐると回った。しかし、提灯もないのに暗い夜道を当てもなく歩き、目指す佛海寺を探し当てることは至難の業だった。安は寺らしき建物を見つけると月明りに照らし出された寺の名前を必死で読んだ。幸い人の顔が分かるほど明るい月夜であったのが救いだったが、それでも表札の文字を読むのは大変だった。表札に書かれた文字には崩された字体もあって、そうした文字に馴染みが無かった安には判読が難しいものが多かった。

「よく読めねえが、ここは佛海寺ではなさそうだ」

「ここは違うな」

「ここも違う」

安は寺の表札を見ては落胆を繰り返していた。

「大丈夫か、おかあ?」

士郎もこのままでは佛海寺に辿り着けないのではないかと不安に駆られた。

ふたりがあちこちをさ迷っている間にも家々に点っていた灯りがひとつふたつと徐々に消え、

やがてほとんどの灯りが消えた。そして城下全体が眠りについてしまった。目印にしていた城郭も僅かに月明りの中にぼんやりと浮かんでいるばかりで、ふたりは方角を見失った。もうふたりの足は棒のようになっていて、一足進むのもやっとだった。

「怖いよう」

士郎は、途方もなく大きな街の片隅に行きどころも無く取り残された恐怖を生まれて初めて味わった。そして、安の手をしっかりと握りしめていた。

恐怖を感じていたのは安も同じだった。しかし、弱音を吐くことは出来なかった。

「士郎、心配するな。必ず見つかる。ここのどこかにあることは間違いねえだから。きっともう近くにあるはずじゃ」

士郎は安の言葉を信じるしかなかった。

安は何か手掛かりが欲しかった。しかし、通りには誰一人としておらず、何一つ手掛かりを訊くことが出来なかった。

ときおり遠くの闇の中から男たちの声が聞こえることがあった。安は夜回りの侍か町人たちであろうかと思って、道を訊いてみようかとも考えた。しかし、万一、盗賊のような連中であったら、ひどい目に遭わされるかもしれないと恐れて近づけなかった。

当てもなく城郭に向かって歩いてゆくと、城の周りには守りを固める見張りの侍たちが見えた。ここばかりは夜通しで火がたかれていて、明るかった。

安はしばらく遠くから侍たちに見つからないように様子を見ていた。不審者と思われれば、ただちに番所に引き立てられるに違いないと恐れていた。

しかし、他に尋ねることが出来る者は居なかった。

すでに握り飯もなく、安も士郎も腹を空かせていた。歩くこともままならなくなっていた。このままでは行倒れになる。

安は意を決して、士郎の手を引くと恐る恐る侍たちに近づいた。

侍たちはこんな夜更けに子どもを連れた女が闇の中を近づいて来るのに気が付いて驚いた。そして、すぐに三、四名の若い侍が松明《たいまつ》を手にして駆け出した。

士郎は刀を差した侍というものを見たことが無かった。侍たちが闇の中を全力で走って来た。脇に差した大小の刀が擦れ合って気味の悪いガシャガシャという音を立てている。士郎は恐ろしさで安の腰に噛り付いた。恐ろしいのは安も同じだった。身体が震えて、士郎を守ろうと抱えた手がわなわなと揺れた。

「何用じゃ！」

先頭で飛ぶようにやってきた侍が松明を安と士郎の顔に突き付けるようにして怒鳴った。

「お助けくださいまし」

安は手を合わせて懇願した。

「おぬしら、こんな夜更けに何をしておる？」

「ここはお城じゃぞ。夜中に女子どもが来るところではないわ」

後から来た侍たちが次々と怒鳴った。

「お寺を探しておるのです」

安は必死で声を出した。

「お寺だと？」

「ええ、佛海寺と申します。そこに参りたいのです」

「どこから来たんじゃ？」

「家串からでございます」

「家串だと？　どこじゃ？　誰か知っとるか？」

先頭で来た侍はこの中の頭と見えて他の者たちに訊いた。

侍たちが一斉に首を振った。家串を知っている者は無かった。

「御荘《みしょう》でございます」

御荘というのは家串があった宇和島南部一帯のことで、古くからそう言い慣わされていた。

「御荘から？　女と子どもで？」

侍たちは驚いたように互いを見合わせた。

「この子を仏門に入れるのです」

「仏門？」

「仏門じゃと？」

侍たちは、仏門と聞いて意味ありげに顔を見合わせた。

「そうでございます」

安は、士郎の頭を押さえるとおじぎをさせた。

仏門と聞いて、侍たちはいきり立っていた気持ちを少し収めた。

「佛海寺と言ったか？」

「ええ、そうです」

「その寺にこの子を入れるということじゃな？」

「そうでございます」

「誰か佛海寺を知っておるか？」

頭が他の侍たちに訊いた。

「佛海寺と言えば、大屋形様《おやかたさま》がしばしば行かれる寺であろうよ」

大屋形様というのは宇和島藩主の伊達村候《だてむらとき》のことだ。宇和島藩では仙台伊達藩をまねて、藩主を大屋形様と呼んでいた。

「おう、そうだ。わしも一度お供をしたことがある」

「その佛海寺か？」

頭が安にそう訊いたが、安にはそうかどうかは分からなかった。

「佛海寺と言えば、ほかにはあるまい」

「それなら、こっちの方向じゃ」

侍の一人が方向を指さした。

安は、その方向なら何度も行った。

「そちらにも参りましたが、とうとう見つかりませんでした」

「金剛山正眼院という大きな寺は見なかったか?」

その名前の寺なら安は見た覚えがあった。

「あっ、ありました」

「そこは藩の菩提寺じゃ。大屋形様はそこを訪れるたびに佛海寺にも寄って坐禅をされるのじゃ。その近くに堀があったであろう」

「ありました」

安は記憶をたどった。

「その堀を渡ったところじゃ」

安は堀に突き当たって引き返したことを覚えていた。

「お堀を渡るのでございますね」

「そうじゃ、小さな橋がある。堀を渡ればすぐに墓地が見える。そこが佛海寺じゃ。行き過ぎるでないぞ。通り過ぎれば、また分からなくなるでの」

その侍は親切に言った。

「有難うございます。こんどは分かると思います。助かりました」

安は侍たちに何度も頭を下げた。

「迷うでないぞ」

「気を付けて参れ」

侍たちは口々にそう言いながら城のほうへ引き揚げて行った。

安は士郎の手を引くと、侍たちが言っていた方向へ急いだ。

その方角には何回か行った。しかし、堀の先は黒々とした山になっていて薄気味悪かったので、安は先に行くのを諦めていたのだった。侍たちに教えて貰ったことで、安は堀を渡る決心が付いた。

堀を渡るとすぐに墓地が見えてきた。その墓地の先の闇の中に寺らしい建物がうすぼんやりと見えた。

「あれじゃろうか？」

安は佛海寺らしい建物を見つけて助かったと思った。そして、士郎の手を引きながら歩みを早めた。

安は寺の門の前に立っている小塔に「法寳山佛海寺」と書かれているのをはっきりと読み取った。

「ここじゃ。間違いない。ふう、よかった」

安は、ほっとして大きくため息をついた。

しかし、安心するのは早すぎた。

寺はすでに寝静まっており、中には灯りのひとつも見えない。

安は固く閉ざされた門扉を拳で叩いてみた。しかし、中からは何の反応もなかった。「もし」と声を掛けてみた。門扉をまた叩いた。士郎も一緒に叩いた。

遠くで犬が何匹か吠えるのが聞こえた。しかし、物音と言えば、ほかには何一つなく、寺は静まり返っていた。


安は、このような深夜に寺の者を起こすのは迷惑だろうと思い返した。こんな遅くに到着した自分たちが悪いのだ。そう思うと、もう門扉の前で騒ぐのは止めた。

「士郎、ここで野宿じゃ。このお寺さんで間違いないのじゃから、朝になれば中に入れる。お腹がすいたじゃろうが一晩の辛抱じゃ」

士郎は、「腹が減った」と言ってべそを掻いた。

「握り飯を全部食べんと少しでも残しておけば良かった。こんなことになろうとは夢にも思わなかったからの。おかあが悪かったけん、かんべんな」

士郎は安に謝られると、涙を拭った。べそを掻いてもどうにもならないことは彼にも分かったからだ。
安は背に担いでいた荷物を解くと、中から士郎のために仕立て直した着物を取り出した。そ
れを寒くないようにと士郎に着せると、門扉の前の地面に風呂敷を二枚並べた。そして、士郎
を抱き寄せると、風呂敷の上に腰を下ろし、門扉の太い柱に背を持たせかけた。
「寒くないか、士郎？」
安は士郎を強く抱きしめた。
まだ冬には間があったが、秋も深まって夜は少し冷えた。
「大丈夫だよ」
士郎は、安の胸の中に顔をうずめて首を横に振った。安の懐かしい乳の匂いが鼻の前にあっ
た。弟の平蔵が生まれてから、安の胸は平蔵に独占されていた。士郎は甘えるように強く抱き
着いた。士郎は母の甘い匂いに顔をうずめただけで気持ちが安らかになった。空腹のことも忘
れた。疲労もあった。やがて安の胸の中ですやすやと眠りに落ちた。
士郎が眠ったことで安も安心して眠りに落ちた。

二

禅寺の朝は早い。

霊南と霊秀は本堂横にある庫裡《くり》の小僧部屋で、いつものとおり開静《かいじょう》を知らせる振鈴の音で飛び起きた。外はまだ薄暗かった。

ふたりは寝ぼけ眼で庫裡の自室から庭に飛び降りると、手水《ちょうず》でさっと顔を洗って、山門に向かった。朝一番で山門の扉を開けるのが彼らの仕事だった。

年かさの霊南が閂を外し、重い門扉は霊秀と二人で開ける。

日常のありふれた光景だった。

ところが、ふたりは門の前に女と小さな子どもが重なるようにして倒れているのを発見して驚いた。

「あっ、行倒れだ!」

「大変だ!　死んでる!」

ふたりは口々に言ってうろたえた。

こんなことがあるとは予想していなかった彼らはどうしたら良いのか分からない。

ふたりがおろおろしていると、安と士郎は小僧たちが騒ぐ声で、もぞもぞと目を覚ました。

「あ、生きてる！」

霊南と霊秀は死んでいると思っていた二人が生きていたのでまた驚いた。

安は身を起こすと、自分と士郎の着物の汚れをはたきながら、地面に敷いた風呂敷の上に畏まった。

「お寺さんの方ですか？」

安は、門の中から見下ろしていた小僧たちに声を掛けた。

「ああ、そうじゃ」

霊南は警戒するような表情で答えた。

「まことに相済みませぬ。わたしどもは昨夜遅くに着いたもので、ここで休ませていただきました」

「ここに用があって来たのか？」

霊南はますます不審そうに見た。深夜に来る客などは聞いたことが無かったからだ。

そこに寺の和尚が何事かあったと気が付いて本堂から庭へ下りて来た。

「何かあったか？」

和尚は遠くから霊南と霊秀に声を掛けた。

「はっ、こちらの者が寺に用事があって来たと申しています。昨晩から門の前で待っていたのだと……」

霊南は、いかにも不審な者どもが来たという様子で和尚に向かって言った。

「何？　昨晩から？」

和尚は急いで門まで来ると、霊南と霊秀を押しのけるようにして門の上に立った。

「おお、着かれましたか？」

和尚は安と士郎の親子を見ると、驚いた様子で声を掛けた。それは二人の到着を待っていたような口ぶりだった。

士郎は、その和尚の顔に見覚えがあった。

ひと月前に家串の家に義道と一緒に来た僧侶だった。

和尚の名前は霊印不昧《れいいんふまい》。ここ佛海寺の住職だった。

安は霊印の顔を見ると、地面に敷いた風呂敷の上に頭を押し付けるようにして平伏した。そして、士郎にも同じようにしろと頭を押さえつけた。

「まことに遅くなりまして申し訳ありません。昨夕にお城下に到着いたしましたが、なにぶん初めてのところなもので散々に迷いまして、このような始末になりました。あい申し訳ありません」

安はまた頭を地面に押し付けた。

「おお、そうでしたか。昨日中には着くものと思っておりましたから心配しておりました。何事も無くてようございました。さあ、さあ、中にお入りなされ。霊南と霊秀はお二人の荷物を運びなさい」

霊南も霊秀も狐につままれたような顔をしていた。和尚はその二人に命じると、荷物を庫裡の部屋に運ばせた。

「さぞお疲れでしょう。奥でお休みなさい。お腹も空かれたでしょう。いま、粥を準備させますでな」

霊印は親切だった。

士郎が家串で会った霊印とは印象が違った。この前は近寄りがたく、別世界の人間のように思えたが、いま目の前にいる霊印は頼りになる擁護者のように見えた。

「恐れ入ります」

安は霊印の心遣いに恐縮して礼を言った。

「これからわしらは朝のお勤めがありますのでな。あとはこの二人の小僧に言ってありますので、粥でも召し上がってお休みなさい」

「有難うございます」

安はまた恐れ入った。

寺には、もう一人古参の小僧がいた。小僧というよりは、すでに修行僧の仲間入りをしている雲水で霊元と言った。

霊印は霊元を伴って本堂へと消えて行った。やがて本堂から霊印と霊元が唱える読経が聞こえてきた。読経は士郎が永楽寺で聞きなれていた般若心経だった。

安と士郎が身を寄せた庫裡の部屋では、ふたりのためにお膳が用意され、お粥が運ばれて来た。お粥は取っ手の付いた粥桶《しゅくおけ》に並々と盛られた。年上の霊南が粥で重くなった粥桶の取っ手を両腕でしっかりと握り、頭上に掲げるようにして部屋に入って来た。そして、それを二人の前にうやうやしく置くと、年下の霊秀が手慣れた手付きでお粥を粥桶の中から柄杓で掬《すく》い、椀に盛り分けた。

安は恐縮しながら、「有難うございます」と言って手を合わせたが、小僧たちは叉手《しゃしゅ》をして黙礼を返しただけだった。

そして霊南は「召し上がれ」と言葉を残すと、霊秀を伴って急ぎ足で本堂へと消えて行った。安は、二人の所作が大人びていて驚いた。士郎は、自分と年恰好も同じくらいの霊秀が見たことも無い儀式ばった所作を当たり前のようにこなしているのを見て圧倒された。

安は小僧たちが居なくなると士郎を促して、ふたりでお粥を啜った。麦の混じらない白い米のお粥など家串ではめったに口に出来るものではなく、空腹もあって、ふたりは争うようにして啜《すす》った。安は何度も柄杓を使って桶からお粥を自分と士郎に掬った。

桶には二人では食べきれないくらいのお粥があったが、ふたりはそれを奇麗に平らげてしまった。頃合いを見計らって、また、叉手をした霊南と霊秀が現れた。彼らは粥桶の中がすっかり無くなっているのに少し驚いたような顔をした。しかし、何事も無いように黙って桶を回収すると部屋を出て行った。今度は霊秀が空の桶を霊南がしたのと同じように頭の上に高く掲げて下がって行った。

安と士郎は、彼らの所作が物珍しく、動作の一つひとつをじっと見ていた。

霊印は朝課が終わると小僧たちと別室で粥座《しゅくざ》を囲んで朝食を済ませ、安と士郎がいる部屋に現れた。

「家串から一日中歩き通しでは大変でしたであろう。私どもでも容易ではないですからの」

霊印はそう言いながら、安から道中の苦労話を聞いて、「そうでしたか、そうでしたか」と何度も頷いた。

「それでは大変お疲れでしょう。少し横になってから、城でも見物なされたらいかがかな。霊元に案内させますのでな。霊元！　ちょっとこれへ」

そう言って、霊印は庫裡の自室にいた霊元を呼んだ。

霊元は、部屋から飛び出るようにして安らがいる部屋の廊下に現れた。そして、素早い動作で膝をつくと、

「は！」

と言いながら、低頭した。

その所作の機敏なことに安は恐れ入って、深々と頭を垂れた。

霊元は、どこかに童顔が残っていたが二十歳に近いと思われる青年であった。

「こいつは間もなく京都の寺に修行に出る雲水でしての。十歳のときから預かっておりますから、まもなく十年になります。伊予松山の出で、家は平家の落ち武者と聞いております」

平家の落ち武者と聞いて、安は驚いたように、「そうでございますか」と言って、霊元の顔をしげしげと眺めた。

霊元は霊印の話を無表情で聞いていた。顔色一つ変えるでもない、その姿に安は畏敬の念すら覚えた。そこには十年という永い修行の歳月が凝縮されているように思えた。

「こやつに案内させますのでな、少しお眠りなさい」

霊印はどこまでも親切だった。

安は霊印の言葉に甘えた。そして、いつもは霊南と霊秀が使う小僧部屋を士郎と一緒に借りてしばらく横になって眠った。昼近くなって目を覚ますと、和尚たちと斎座《さいざ》を囲んだ。こんどはお粥ではなく米のご飯に菜と汁が付いた。ふたりはまたお代わりをした。

安と士郎は午後になってから、霊元の案内で寺を出た。

門を出ると、正面の山の上に宇和島城の城郭が手に取るように見えた。城は三の丸まであって、最も高い本丸の天守閣が空高く聳えていた。

佛海寺は松節山の麓のなだらかな高台にあった。そこから城郭までに目の前を遮るものは何ひとつ無く、よく見えるのだった。昨晩の月明りで影絵のようにぼんやりと見えていた城とは違って、今は屋根瓦の一枚一枚まで見えるようだった。

城は宇和島湾にあった陸繋島《りくけいとう》の上に築かれたもので、高さはちょうど家串の段畑の頂上ほどあった。この地の領主となった藤堂高虎が慶長元年（一五九六）から六年の歳月を掛けて完成したもので、上から見ると不等辺ではあるが五角形をした珍しい城だった。陸側の三辺は内堀として活かされ、西側の二辺は海に面する海城であった。佛海寺の前にある堀は城を守る外堀として神田川《じんでんがわ》を整備したものである。城造りの名手として名高い高虎ならではの工夫が随所にあり、全体として小振りではあるが名城のひとつに数えられている。

高虎は関ヶ原の合戦（一六〇〇）で武功を挙げ、後に今治の城主となった。そして、慶長十九年（一六一五）に伊達政宗の長子だった伊達秀宗が初代宇和島藩主として入城した。今は五代藩主で名君の名声が高かった村候が城主であった。

霊元を先頭にして、安と士郎の三人は佛海寺のなだらかな坂を下って堀を渡ると、城の方向を目指して歩いた。広小路から堀端にかけて大小様々な店舗が軒を連ね、通りは人で埋まっていた。

士郎はこんなに大勢の人が通りを行き交うのを見るのは初めてだった。店先には今まで見たことも無いような様々なものが並んでいて目を奪われた。大きな呉服店に並んだ色鮮やかな反物、駄菓子屋に陳列された食べたことも無い珍しい菓子の数々、おもちゃ屋に山積みになった興味をそそられる玩具など、およそ由良半島の貧しい村々では目に出来ないものばかりだった。宇和島藩は十万石と言いながら、かなり財政的にはひっ迫した貧乏藩だったが、城下ばかりは豊かだった。藩の富の全てがここに集約されていたと言っても良い。

大通りを城郭の方へ歩いて行くと、出口のところで目の前が急に開けた。正面にこんもりと大きな山が立ちはだかるように現れた。宇和島城の真下に出たのだ。佛海寺からは見えた城郭は真下から見上げても見ることが出来ない。山を覆いつくすように生えている樹木が視野を遮るのだ。

城の下には、内堀が周りを取り囲んでいた。その内堀に沿って城を見学に来た人々が大勢いた。宇和島城はいわば地元の観光名所のようになっていた。

昨夜、安と士郎が恐る恐る近づいた門はお堀の南側にあるもので、やはり四、五人の侍が厳めしい顔で周囲を見張っていた。

とくに大勢の見物人が集まっていたのは、東側にある追手門のところであった。見物人たちの目当ては、ここにある丸之内和霊神社だった。

ここは宇和島に生まれた者はもちろんのこと四国一円に知られていた有名な悲劇の舞台になったところだった。

「この人だかりは何でございましょう？」

安は、これほど多くの人が集まる理由が知りたかった。

「山家清兵衛《やんべせいべえ》の井戸があるのです」

と霊元が答えると、

「あの有名なお話の井戸はここでございましたか？」

と、安は驚いたように霊元の顔を見た。

「見てみますか？」

と霊元が問うと、

「ええ、ぜひに」

と安は目を輝かせた。

山家清兵衛というのは、元は仙台藩主伊達政宗の家臣だった。政宗の信頼が厚く、初代宇和島藩主となった長男秀宗のために宇和島へ伴わせた。藩の家老となった清兵衛は当時疲弊していた宇和島で租税軽減や産業振興などの思い切った政策を進めて成果を上げた。年貢の軽減もあって領民の評判は高かったが、緊縮財政で俸禄を削られた家臣には不満が強く、毒殺の計画などもあった。領主の秀宗も何かと倹約を煩く言う清兵衛は煙たい存在であったのかもしれない。秀宗自身も清兵衛に不満で彼に対する讒言《ざんげん》を容易に信じた。そして、家臣に清兵衛襲撃を許したといわれている。清兵衛と次男、三男が斬殺され、四男が件の井戸に投げ込まれた。井戸の上から石を投げて惨殺するという凄惨さで、江戸時代でも稀にみる悲劇だった。のちに浄瑠璃や歌舞伎の演目になっただけでなく何本もの映画が作られている。

清兵衛一家の惨殺後、不思議な事件が続いた。襲撃犯の首領が大風で倒壊した金剛山正眼院の梁に押しつぶされて圧死した。その後も、襲撃犯の一味に海難事故や落雷事故が続き、領民は清兵衛の祟りと恐れた。

丸之内和霊神社は、山家一家の霊を慰めるために屋敷跡に建てられたもので、井戸がそのまま残った。

安は恐ろしそうに井戸の中を覗き込んで、手を合わせた。

宇和島には旧暦の六月二十九日になると寝室に蚊帳を吊らないという風習があった。旧暦の六月末といえば蚊が盛んに飛び回る夏の暑い頃だ。このようなときに蚊帳無しで眠ることは辛いことだったが、多くの家がこの風習を守った。この日は清兵衛らが切り落とされた蚊帳の中で身動きが取れないところを串刺しにされたという言い伝えがある。この風習は和霊様と呼ばれて慕われた清兵衛を偲んでのことだ。子どもたちは、この夜に両親や祖父母からこの惨劇を繰り返し聞いた。

佐伯に育った安にはそうした経験は無かったが、この話は対岸の佐伯でも有名で、よく知っていた。士郎にも話して聞かせたことがあったが、士郎には聞いてもまだよく分からない話だった。士郎は、ただ安がするように井戸を覗き、形ばかり小さな手を合わせた。

こうして宇和島城と目抜き通りを見て廻った三人は、寺に戻る途中、広小路で茶屋に入った。霊元は子どもの頭ほどの大きさがある唐饅《とうまん》を一つ注文して三人で分けた。少し硬めの皮に包まれた饅頭で中に柚子の餡が入っていて人気があった。安も士郎も初めて食べるものだった。

「うめえな」

安は、目を細めながら士郎と目を合わせた。

士郎も「うん」と言ってうなずいた。

安は、霊元を前にして幾つか質問をした。それは小僧たちの出自《しゅつじ》についてのものだった。霊元が平家の落ち武者の流れであると聞いて、ほかの小僧についても知りたいと思ったのだ。

霊元の話では、霊南は宇和島藩の支藩である吉田藩の出身だった。吉田伊達家の菩提寺は大乗寺と言ったが、霊南はこの寺の住職の遠縁に当たるという。大乗寺は臨済宗妙心寺派の禅寺で佛海寺とも縁があった。将来は大乗寺か末寺の住職になることが約束されているらしい。いま十三歳で九歳のときからすでに四年ほど寺に居るという。

霊秀は城下の有名な大店の御曹司だという。安は、なぜ、そのような恵まれた出自の子息が出家をするのか不思議に思ってしつこく訊いた。しかし、霊元は聞かれるたびに言葉を濁した。安は女の勘で霊秀は妾の子どもに違いないと思った。いくら大店の息子でも妾の子どもなら家業を継ぐことは難しかった。しかし、家は継げなくとも何不自由無い人生を送ることが出来るであろうに、なぜ出家の道を選んだのかは不思議だった。もちろん霊秀自身が望んだことでは無いだろう。おそらく生母の意向だろうとも思った。安は、士郎の身の上と重なるものを感じて親近感を覚えた。いま八歳で昨年七歳のときから居るという。七歳と言えば士郎と同じ年齢だ。これを聞いて、安はますます安心した。

安は城の見物を勧めた霊印の真の狙いは、寺のことや小僧たちのことを霊元から聞く機会を与えて安心させようとしたのではないかと思った。

茶屋を出てから、佛海寺への道すがら、安は寺での修行の様子を霊元に訊いた。霊元は日課のことを一通り説明してから、

「修行ですから辛いこともありますが、すぐに慣れますよ」

と言った。

安は霊元の言葉に安堵した。霊元は和尚からそう言うように指示されていたのかもしれない。士郎は安と霊元の後を追いながら、二人の話を聞いていた。しかし、士郎は自分のこととは思っていなかった。このままずっと城下に居るとは考えておらず、まだ家串に帰れるものだと思っていた。

寺に戻ると、すぐに薬石《やくせき》が用意されていた。薬石とは禅寺特有の言い方で夕食のことだ。禅発祥の地であるインドの寺院では食事は朝と昼の二食だけだった。しかし、禅が中国に渡ってから夕食が加わった。これは食事ではなく薬を服用するのだというのが夕食を加えた理屈だった。中国はインドと違って寒く、朝と昼の二食だけでは健康を維持できなかったからだ。その

風習が日本にも伝わって薬石となった。

安と士郎は、薬石が終わると霊印や小僧たちに先んじて風呂を頂いた。それから、昼間と同じ小僧部屋を借りて寝ることになった。

安は明日の朝早く家串に帰る積りだった。昨日の疲れがまだ残っていたところに城下の見物でまた疲れた。早く眠れるのは有難かった。疲れたのは士郎も同じだった。

小僧たちが二人分の布団を敷いてくれたが、安は自分の布団に枕を二つ並べた。そして、士郎を横に寝かせた。

「士郎、ここは良い人たちばかりだ。ここならお前も幸せになれる。ずっとここにいろ」

士郎は、安が自分一人をここに置いて行く積りなのだと分かって強い不安を覚えた。

「俺は嫌だ。ここにいるのは嫌だ」

士郎は布団の中で思いっきり駄々をこねた。

「そんなこと言うでねえ。ここ以外にお前が行くところはねえだ」

安は体を横にして士郎に顔を向けた。

「俺は家串がいい。こんなところにいたくねえ」

士郎は激しく首を振った。

「家串に行ったって、漁師にはなれねえ。お前がいるところはねえだ」

「なんでだ？　なんで俺は漁師になれねえ？」

士郎はべそを掻いた。

「どうしてもだ」

安は、士郎に事情を説明しても分からせるのは無理だと思っていた。

「なら俺はテンポをやる」

「テンポは子どものうちしかできねえ。大人になったらどうする？」

士郎は答えに窮した。

「俺は漁師になれねえでもいい。おかあと一緒にいられればいい」

安は行燈の薄明りの中で、じっと士郎の顔を見つめた。涙が溢れて枕を濡らした。

「士郎、あたしもお前とずっと一緒にいたいよ」

安は士郎の身体を抱きしめて泣いた。

士郎には母の涙の意味は分からなかった。しかし、安が本当は自分と一緒にいたいのだと言った言葉を信じて、安堵した。そして、自分をここに置いて行くようなことはないだろうと思っていた。

母の腕の中で、士郎は安心して心地よい眠りに落ちていった。

翌朝、安は振鈴の音で目が覚めた。

外はまだ薄暗かったが、安は夜が明けぬうちに家串に発つ積りでいた。

士郎は、まだ寝息を立てていた。一昨日からの行動で幼い士郎は疲れたに違いない。安も疲れが残っていたが、布団を出ると、急いで旅立ちの支度をした。

安は部屋を出る前に士郎を起こして別れを言う積りだった。しかし、ここで起こせば、一緒に家串に帰ると言いだすに違いないと心配になった。

安は薄暗い部屋の中で、すやすやと眠る士郎の枕元に膝をつくと、その小さな顔に自分の顔を近づけた。そして、しばらくの間寝顔をじっと見ていた。

「士郎、すまんな。お前はここで立派になっておくれ」

安の目にみるみる涙が溢れた。

そして、士郎の寝顔をいたわるように両手で優しく撫でて嗚咽した。

そのとき士郎が目を覚ます気配があった。安ははっとして我に返るとさっと身を起こして立ち上がった。そして、士郎の寝姿に向かって手を合わせると、袖で涙を拭って部屋を出た。

士郎が目覚めたとき、隣に居るはずの母の姿は無かった。

士郎は、何かが変だと直感して飛び起きた。

本堂では和尚と小僧たちの朝課が始まっていた。軽快な木魚のリズムに時折磬子《けいす》の高い音が混じりながら読経が延々と続いていた。

士郎は、母の姿を求めて庫裡の部屋を一つひとつ覗いていった。小僧たちの部屋はもちろん和尚の居室である隠寮も、厠《かわや》である東司も覗いた。

しかし、どこにも母の姿が無かった。

士郎は部屋に戻って布団の上に力なく座ると、

「おかあ」

と呼んでみた。

しかし、その声は本堂から朗々と聞こえてくる読経にかき消された。

士郎には、まだ事態が呑み込めなかった。

安が自分を置いて居なくなるなどとは考えられなかった。きっと、このお寺のどこかにいるはずだった。いや、いなければならなかった。

朝課が終わると、小僧たちが慌ただしく庫裡に戻って来た。そして、典座《てんぞ》と呼ばれる炊事場で粥座の準備に掛かった。小僧たちの動作は機敏で、無言のまま、全てが段取り良く進んでいた。

士郎は、ただ茫然として庫裡の廊下を行き来する小僧たちの姿を眺めていた。士郎は独り取り残されていた。誰一人として士郎を気に掛ける者は無かった。

粥座の準備が整うと、霊元が士郎を呼びに来た。

士郎が、

「おかあは？」

と訊いたが、霊元は何も答えなかった。そして、士郎の腕を掴むと粥座の間へと導いた。そこには和尚がすでに飯台の端に正座しており、その横に霊南、霊秀が無言で並んで座っていた。霊元は飯台を挟んで和尚の前に座ると、士郎を自分の右側に正座させた。そして、小声で、

「皆と同じようにすればよい」

と耳打ちした。

士郎が言われたとおりに正座すると、まず和尚が僧衣の右袖を押さえながら粥桶から粥を掬って椀に装った。次いで、向かい側に座っていた霊元が同じように粥を掬ってから粥桶を霊南と霊秀の前に置いた。霊南、霊秀が同じように粥を椀に装うと、士郎の番だった。霊元が、こうやって粥を掬うのだと横から手ぶりで教えた。士郎は戸惑ったが、慣れない手付きで自分で掬った。

粥が全員に行き渡ると、和尚の音頭で粥座の偈《げ》の読経が始まった。それに小僧たちが手を合わせて唱和した。

士郎は何が何だか分からず、ただ目をぱちくりさせるだけだったが、同じように手を合わせた。

読経が終わると、無言のまま食事が始まった。士郎が箸の音を立てると、霊元がすかさず「音を立てるな」と注意した。粥を啜る音も禁じた。士郎には驚くことばかりだった。

皆、粥をお代わりしたが、士郎は一杯がやっとだった。喉を通らなかったのだ。

なぜ、ここに母が居ないのか。士郎はそればかりを考えていた。自分は、おいてけぼりにされたのか。あの優しい母がそんなことをするだろうか。士郎は、昨晩、母が一緒にいたいと言って泣いていたことを思い出していた。士郎は、その言葉を信じていた。

誰かに、母の所在を訊きたかったが、無言のまま粥を啜る和尚や小僧たちに訊ける雰囲気は無かった。

士郎は音も立てずに粥を啜ることに苦労して時間が掛かった。すでに和尚も小僧たちも食べ終えて、士郎が終わるのを待っていた。

士郎は、心の中で「おかあ」と呼んでいた。涙が洟《はな》に混じって流れた。それを粥と一緒に啜った。彼はここに母がいないという事実をどう受け止めたら良いのか。自分は捨てられたのだろうかとそればかりを考えていた。

粥座が終わると、小僧たち全員で食器の持鉢《じはつ》を洗い、本堂、庫裡、庭の掃除が始まった。士郎の先導役は霊南と霊秀だった。士郎は、二人の後を追って、広い本堂の板の間を隅から隅まで箒で掃き、雑巾で拭いた。霊南も霊秀も、その動作は素早く、網曳きやテンポの力仕事に慣れていた士郎でも付いていくのは大変だった。

庫裡には大広間と四つの部屋、それに東司と浴司（風呂）があり、炊事場である典座があった。これらの部屋も埃を掃きだし、雑巾を掛けた。

庭では竹箒で落ち葉を集め、それを典座の外の集積場に積んだ。ここで十分に乾燥させて炊事のときに火種にするのだ。

一通り掃除が終わると半時（約一時間）ばかり休憩があった。

士郎は、霊南と霊秀の部屋に三人で住むことになった。士郎が家串から持参した荷物は、この休憩の間に寺の小さな行李に入れて、部屋の隅に置いた。

休憩もつかの間で、斎座の準備が始まった。炊事も小僧たちの仕事で、米を研ぎ、釜で飯を炊いた。朝夕は粥だが、昼は飯に簡単なおかずと汁が付いた。もちろん、おかずの調理も汁を煮るのも小僧の仕事だ。

斎座が終わると、今度は持鉢と釜や飯器などを洗い、奇麗に拭いて棚に整然と並べる。流しは最後に水でざっと汚れを流してから一滴の水滴も残さぬように拭き取る。

こうした作業に慣れない士郎はしばしば戸惑って、霊南と霊秀の足手まといになった。すると、霊南が、

「一人増えたのにかえって余計に時間が掛かる。このうすのろめ！」

と言って、士郎に当たった。

負けん気の強い士郎は、五歳年上の霊南でも負けていなかった。上目で睨んでふくれた。

霊南は士郎のふくれっ面が気に入らなかったのか、「こいつ」と言って、士郎の胸を突いた。

こういうときに、大人しく引き下がるような士郎ではない。霊南を突き返すと取っ組み合いの

喧嘩が始まった。

気が弱い霊秀は本気で喧嘩をしたことも見たことも無かったに違いない。取っ組み合って殴り合っている二人の姿を見て青ざめ、泣き出しそうだった。

一足先に庫裡の自分の部屋に戻っていた霊元は、霊南と士郎が怒鳴り合って声を上げているのに驚いて部屋を飛び出した。そして、取っ組み合っている霊南と士郎の間に割って入った。

「やめろ！　なんで喧嘩などするか！」

と二人を諫《いさ》めた。

霊南は、「こいつがのろまのくせに生意気だからです」と口を尖らせた。

士郎は悔しそうに霊南を睨み返した。

「霊南、士郎はまだ来たばかりで慣れないのじゃ。仕方ないじゃないか。お前も寺に来たばかりのときは何も出来なかった。誰でも最初はそうじゃ。それを忘れたか」

霊元は、霊南に厳しく言った。

霊南はそれが不満だった。士郎は霊元が自分に味方をしてくれたと思って落ち着きを取り戻した。しかし、

「士郎も古参の小僧と喧嘩をしてはならんぞ。ここでは古参の言う事は素直に聞け。皆、古参が教えてくれるのだから、歯向かったら自分が損するだけじゃぞ」

霊元は士郎も諭した。

斎座が終わって、片付けも済むと、午後は自由時間になる。

しかし、和尚は城下の子どもたちを集めて寺子屋を開いており、この時間に小僧たちも一緒に読み書きを学んだ。

寺子屋に来る子どもたちは士郎や霊秀の年頃の者が多く、上は霊南と同じくらいの者までいた。商家の子弟が多く、読み書きだけでなく和尚は算盤も教えていた。

午後になると、そういう子どもたちが集まってきて、本堂は賑やかだった。

和尚が居れば、和尚が直接指導したが、外出が多く、霊元が先生役を務めることも多かった。簡単な読み書きは霊南が教えた。

この日は、士郎が剃髪《ていはつ》するということで、いつもは賑やかな子どもたちが、本堂の前に集まって、息を潜めていた。そして庭先で厳かに進む儀式の様子に見入っていた。

本堂の前の庭には士郎が座る腰掛が据えられ、その横の台の上に水桶と剃刀が用意されていた。士郎は子どもたちが見守る中で腰掛に座らされた。

士郎は何も考えることが出来なかった。ただ、自分の身の回りに起きていることが自分のことではないように思えるだけだった。抵抗することもなく、事の成り行きに身を任せることしか出来なかった。

いつも安が丁寧に結ってくれていた髪の毛は、霊印の手で奇麗に剃り落とされた。

「士郎、これでおまえも立派な小僧じゃ。これからは士郎ではなく、霊海に改める。霊海がお前の新しい名じゃ」

士郎は、自分の名前が霊海になると聞いても、驚くばかりで実感が無かった。

夜は、霊南、霊秀、霊海の三人が川の字になって寝た。

初めての夜は、その日のことが全て夢のようで霊海はなかなか眠れなかった。

安は、やはり自分を捨てて行ったのだ。

昨日自分と一緒に居たいと言った言葉は嘘だった。

霊海はそう考えると、なぜ自分がこういう目に遭わなければならないのか、その理由を小さな頭の中で一生懸命に探っていた。

家串で、様々に安を手こずらせた思い出ばかりが浮かんできた。村の子どもたちと喧嘩しては怪我をさせて安が子どもの親にひたすら謝っていた姿が思い出された。平蔵に当たって泣かせては、安にこっぴどくしかられたことや、芋ばかりの食事に不平を漏らしていたことなどが次々と思い浮かんできた。

「おかあ、俺が悪かった。謝るけん、勘弁してくれ」

霊海は自分の所業に後悔するばかりで、涙が止まらなかった。思わず、「ううっ」と声を上げて泣いた。すると、

「うるさいぞ、霊海。いいかげんにしろ」

と霊南が布団の中からきつく言った。

「ほんと、俺も眠れん。この泣き虫め！」

と霊秀が呼応して言った。

泣き虫と言われたことが霊海の癪に障った。

霊海は、すぐ横に寝ていた霊秀の横腹を布団の中から蹴った。

「痛い！　なにする！」

と霊秀が悲鳴を上げた。

「どうした、霊秀？」

と霊南が訊くと、

「霊海が蹴った」と言ってべそを掻いた。

霊南は布団から出ると霊海の上に馬乗りになって、布団の上から殴りつけた。

これに霊海も下から応戦して、昼間のような取っ組み合いとなった。

霊秀は、「やめろ、やめろ」と泣き叫ぶばかりだった。

この騒ぎに気が付いたのは、隣室にひとりで寝ていた霊元だった。

取っ組み合いの現場に現れて、

「やめろ！　お前ら」

と暗闇の中で一喝した。

霊元は、霊南と霊海に喧嘩のいきさつを聞いた。しかし、それについては何も言わなかった。そして、

「霊海はこっちに寝ろ」

と言って、霊海の布団を霊元の部屋に運ばせた。

翌朝、霊元は昨日の昼間と夜の喧嘩のことを和尚に報告した。

「昼も夜も大分賑やかだったな。そういうことであったか」

霊印は喧嘩騒ぎには気が付いていたのだ。

霊印は粥座のとき、しばらくの間霊海の様子をじっと見ていた。霊海は和尚の視線を感じて、何かおしかりを受けるのだろうかと神妙だった。しかし、和尚は何も言わなかった。

こうして霊海の仏門での生活が始まった。

和尚は霊元に霊海を指導するよう命じた。寝る部屋も同じにした。

このことは霊海に幸いした。

霊元は指導役としては最適だった。日常の振る舞いや所作を細かく指導したし、お経も丁寧に教えた。

霊海は永楽寺にいたときにお経に馴染みがあったから、抵抗が無かった。文字は読めなくとも耳で覚える能力に優れていた。その記憶力に霊元は驚いた。

それを和尚に伝えると、和尚も喜んだ。

「霊海めは気性は荒いが、見どころはあると思っていた」

霊海の日常は目まぐるしく、そして規則正しいものだった。朝の早いのは家串でも同じだったから苦にはならなかった。生活は窮屈だったが、家串での労働に比べれば、まだ楽に思えた。

しかし、覚えなければならないことが次から次へとあって、起きている間は、余計なことを考えている余裕が無かった。

その日の全てが終わって眠る間際の時間は嫌というほど孤独を味わった。隣に寝る霊元は横になるとあっという間に寝息を立てて眠ってしまう。あとは暗闇の中に自分ひとりだけ取り残されたようになる。

目を閉じると、家串での日々が次々と脳裏に浮かんできた。段畑の上から見える宇和海の青々とした大海原が目の前にあるようだった。段畑の傾斜地には収穫に忙しい村人たちの様子があって、今日のことのように思われた。安や平蔵もそこにいた。それにもかかわらず、自分の姿がそこに無い。その現実がなかなか受け入れられず、信じられなかった。家串が自分の本当の居場所であって、いまいる佛海寺は夢でなければならなかった。霊海は家串に帰りたい一心だった。しかし、帰ることが出来ない現実。幼い心はどうにもならない現実に苛《さいな》まれていた。

霊秀の母親はいかにも病気がちな印象で顔色が悪かった。おそらく城下に住んでいるのだろう。ときおり霊秀の様子を見に来ることがあった。

庫裡の来客用の居間に通されると、霊秀とつかの間だが親子水入らずの時間を過ごしてから帰る。和尚が挨拶に顔を出すこともあったが、ほかの小僧たちは、その間遠慮して居間には近づかなかった。しかし、霊海には、母親が霊秀の健康を気遣ったり、生活に不自由はないかなどと事細かに心配したりする様子が容易に想像できた。

母親が帰ると、霊秀は母親が持参した餅菓子などの土産をまず和尚に届けてから、霊元、霊南に配り、霊海にも持ってきた。

霊海は、

「俺は要らねえ」

と言って受け取らなかった。

それでも霊秀が貰ってくれと差し出すと、霊海はそれを霊秀の手からもぎ取るようにして取って、畳の上に叩きつけた。

「こんなもの食いたくねえ！」

そういうことがあってから、霊秀は霊海に持ってくるのを止めた。

霊海は幼心に、母親が様子を見に来てくれる霊秀が妬ましく、悔しかった。

一方、霊南は誰か親族が来るということは無かったが、何かの折に許しを得て一晩だけ吉田の実家に帰ることがあった。一晩と言っても親元に帰れるのは嬉しいに違いなかった。実家に帰る日が近づくにつれて霊南の浮かれる様子は霊海にもはっきりと見て取れた。霊海には、霊南や霊秀のようなことは全く無かった。安が現れることは無かった。心に寂しい気持ちがあった。しかし、それを誰にも言うことが出来なかった。それを小さな胸の中に封印するほかは無かった。

霊海はもう安の顔を見ることは無いだろうと思っていた。夜な夜な脳裏に浮かんでは郷愁を誘って苦しめていた家串の光景も段々と薄れつつあった。

気候温暖な宇和島城下でも、霊海が育った家串に比べれば冬は冷たい。霊海が慣れない土地で最初の冬を乗り切って、ようやく春の兆しが感じられる頃のことだった。城下に来てすでに四、五か月が過ぎていた。

夕方の薬石が終わって、小僧たちは典座で後片付けをしていた。

そのとき霊海は庫裡の玄関にどこかで聞き覚えのある女の声がしたので、そちらのほうに耳をそばだてた。

奥から和尚が玄関に出て挨拶するのが聞こえた。

「これは、これは、遠いところをようお出でくださいました」

女性らしい訪問者が、

「士郎がお世話になりまして、誠に有難うございます。何分やんちゃな子どもですので、ご迷惑をお掛けしていないかと心配になりまして、お伺いいたしました」

「そうでしたか。ま、ここではなんですから、さあ、どうぞ、どうぞ。お上がりなさい」

「有難うございます」

霊海はそれが安であることが分かって驚くと同時に、一遍に胸の鼓動が高鳴った。もしかして自分を連れ戻しに来たのではないかという期待があったのだ。

「おい、霊海！」

と、居間から和尚が呼ぶ声がした。

典座で後片付けを先導していた霊南が、「霊海、和尚様が呼んでおられるぞ」と言って、行くようにと指図した。この頃は、霊海も霊南の言葉に従順に従うようになっていて、霊南の指示で動いていた。

霊海は、居間に入る前に廊下で膝をつくと、和尚と向かい合って座っていた安の顔をちらっと見ただけで両手をついて低頭した。そして、霊印から声が掛かるまで頭を上げなかった。それが霊元に教えられた作法だった。

安は剃髪した息子を見るのは初めてだった。しかも、礼儀正しく頭を下げたまま、じっとしている姿は驚きだった。あのやんちゃが、ほんの僅かの間に見違えるようになったことが信じられず、思わず目を疑った。

霊海は、「入れ」という霊印の言葉で、少し頭を上げると、身体を折ったまま入室して二人の前に手を付いた。そして、低頭のまま目を上げることはなかった。

「士郎、元気だったか？」

安は、他人の子どもに声を掛けるような気持ちでぎこちなかった。

「はい」

霊海は、そう返事をしただけだった。

「士郎は霊海に名を改めましてな」

霊印がそう言うと、安は、

「それは良いお名前を頂戴いたしました。ありがとうございます」

と礼を言ったが、呼び慣れないのか、とうとう息子を霊海とは呼ばなかった。

安は息子と色々と話すことを考えていたが、胸が詰まって言葉が出なかった。

霊印はその気持ちを察したのか、

「色々とお話しになりたいこともありましょう。今夜は二人で寝ていただきますから、また、そのときにでもゆっくりお話しになったらいかがかな」

と言った。

安が、「ありがとうございます。そうさせていただきます」と言うと、霊印は霊海を下がらせた。霊海は低頭のまま廊下に下がってから、お辞儀をして去って行った。

「あの子があんなにも立派になって。和尚様ありがとうございます」

安は礼を言いながら袖でそっと目を拭った。

「最初は手こずりましたが、あれはあれでなかなか見どころがありましてな」

霊印は目を細めた。


夜は霊印が言ったとおり霊南、霊秀の部屋が安と霊海の寝室となった。

いつもは解定《かいちん》の時間となるとどの部屋も一斉に灯りを落としたが、この部屋だけは行燈が灯されていた。しばし二人で話が出来るようにという霊印の配慮だった。

霊海がいつものように霊南らと寺の戸締りを確認して部屋に入ると、安はすでに布団に横になっていた。しかし、霊海が入って来ると体を起こして、布団の上に正座した。そして、霊海を手招きして前に座らせると、彼の両手を取った。

「士郎、立派になった。見違えるようじゃ。おかあはほんとうにうれしい」

目に光るものがあった。

霊海は、行燈の薄暗い光に照らされた安の顔を上目遣いに見ていた。あんなに会いたかった母なのに、もう会えることは無いだろうと諦めていた気持ちがあったからか、半ば他人を見るようで、自分でも目のやりどころに困った。

「修行で辛いことは無いか？」

霊海は修行が辛いかと訊かれて、じっと考えた。

辛いと言えば、安は自分を家串に連れて帰ってくれるだろうか？　いや、安がそう簡単に連れて帰るはずがない。辛いと言えば、意気地なしと怒られるだけだろう。そう思って、霊海は首を振った。

実際、霊秀のように城下で育った小僧は、朝が早いことや冬場に水が冷たいことでかなり苦労することがあった。しかし、家串で育った霊海は朝が早いのは当たり前だったし、冬の最中に浜に出て網を曳いていたから、水が冷たいことにも慣れていた。霊海にとって、寺の修行はさほど辛いことではなかった。

ただ、それまで正座や坐禅などしたことが無かったから、朝課や晩課で長い時間座り続けることは苦痛だったし、窮屈でもあった。しかし、それも徐々に慣れていた。

「そうかい。それなら良かった」

安はそう言いながら、霊海の小さい肩を優しくさすった。

「腹は空かんか？」

雲海はこれにも首を振った。

安は「そう」と言って頰を緩めた。

霊海は、むしろ安には家串に帰りたいかと訊いて貰いたかった。そして、一緒に帰ろうと言って貰いたかった。安には自分の本当の気持ちが分からないのだろうかと恨めしかった。

「何か困っていることはあるかえ？」

霊海は返事に窮した。本心では家串に帰りたい、そして安と一緒に居たいと言いたいのだが、安には通じそうになかったからだ。

ただ、

「俺は、ここは嫌だ」

と言った。

「馬鹿を言うでねえ、こんなにいいところは他にねえ」

安はきっとなった。

「こんなに短い間にお前を立派にしてくれた。和尚様も皆も親切でねえか。それを嫌だと言ったら罰が当たる」

安は霊海の両肩を腕で掴むと強く揺すった。

そして、霊海の目をじっと睨みつけた。

安の睨んだ目は絶対に許さないときの目だった。

霊海は安には自分の気持ちは通じないと悟った。

しかし、

「平蔵に会いてえ」

とだけ言った。

霊海は、この言葉の中に家串に帰りたいという本心を込めた積りだった。

しかし、安は、

「そうか。平蔵もあにさはどこに行ったかと心配しておった。元気にしていたと伝えてやるけん。平蔵も喜ぶじゃろ」

と言った。

霊海は肩透かしを食ったような気持ちになった。

安は息子がこの寺で苦労していないかと心配していたが、それは杞憂だったと思ったに違いない。

「お前がしっかり修行していることが分かっておかあも安心した。和尚様にも目を掛けていただいているようだから、よく教えを守って、ほんとうに立派なお坊さんになっておくれ」

安は、霊海の目をまじまじと見つめながら言った。

霊海は黙って頷いたが、安の口から聞きたかったのはそういう言葉ではなかった。

「さあ、もうお休み。あしたも朝は早いじゃろ」

安はそう言いながら、霊海を横にして布団を掛けた。そして、行燈を消した。

安はすっかり安心した様子で、布団に入った。

霊海は何か言い残したことがあるような気持ちになって、布団の中から安に声を掛けた。

「おかあ」

しかし、安はすぐに寝息を立ててしまった。返事はなかった。

霊海は、改めて強い孤独を感じた。実の母親を横にしながら、何一つ自分の意思を通じることが出来ないのだ。ひしひしと無力感を感じていた。

そして、涙で枕を濡らした。


翌朝、霊海はいつものように振鈴で目を覚ました。

安も目を覚ましたが、霊海が部屋を出てゆくのを布団の中から見送った。

安は、粥座のとき末席に座って皆と一緒に粥を頂いた。そのあと、小僧たちが後片付けをしている間に、お暇する積りだった。

安は居間で霊印に向かい合うと、息子が世話になっていることに改めて礼を言い、今後ともよろしくお頼み申しますと言って、頭を下げた。

霊印は、

「ご心配はいりません。あの子はきっと良い僧侶になりましょうぞ。わしも楽しみにしておりますでな」

安はそれを聞いて、また深々と頭を下げた。そして、

「あまり度々こうして参りますと、あの子に里心が付いてもいけません。わたしは今日を限りに心を鬼にして、今生の別れにする積りでおります」

霊印は安の並々ならぬ覚悟を知って、心を動かされた。

「おお、そうまでおっしゃられるか。わしはそのお気持ちを大切に承りますぞ」

安は「ありがとうございます」と頭を下げてから、「それでは、わたしはこれで」と言ってお暇しようとした。すると霊印は、「霊海！」と大きな声で霊海を呼んだ。霊海はほかの小僧たちと一緒に典座で後片付けをしていた。

その声は霊海の耳に届いたが、彼はすぐには動かなかった。

霊南が、「霊海、和尚様がお呼びだぞ」と言って、すぐに行くようにと指示すると、霊海はようやくその場を離れ居間の方に向かった。ところが、いつまで経っても居間に現れなかった。

「おい、霊海！　どうした？　母上がお帰りだぞ」と霊印はまた典座へ声を掛けて催促した。

異常を感じた霊南が典座から外に出て、庭から廊下越しに居間の霊印に声を掛けた。

「霊海は参りませんでしたか？　さきほど典座からこちらに来たと思いましたが」

「いや、来ないぞ」

霊印は不思議そうな顔をした。安も困惑した。

「どうしたんでございましょう？」

霊印は霊南と霊秀の二人にただちに霊海を捜すように命じた。ふたりは手分けして、本堂から庫裡を捜し回り、墓地や裏山まで捜し回った。しかし、霊海の姿はどこにも無かった。

霊南と霊秀は息を切らして庭に戻って来ると、霊印に「どこにもおりません」と報告した。

霊印は首を傾げた。

「おかしいな。どこにも行くところは無いはずじゃが……」

そして、

「おい！　霊海！　どこかに隠れておるのか？　母上が帰られるぞ。もう二度とお会いできないかもしれんぞ。出てこい！」

しかし、返事は無かった。

霊海は庫裡の東司の中に潜んでいた。

それは彼の本心を理解しようとしない安へのせめてもの抵抗だった。こうして嫌がらせをすれば、安も考えを変えるのではないかという幼稚な考えからだった。

しかし、もう二度と会えないかもしれないぞと言う和尚の言葉に心が動いた。本当にもう会えないかもしれないと思うと、安に会いたいという気持ちが湧いた。しかし、一方で安を困らせて気持ちを変えさせたいという切実な想いもあった。霊海は進退窮まったような気持ちになった。

安は霊海がとうとう現れなかったので、息子に別れの挨拶をすることを諦めた。

そして、「では、参りますので」と言って、和尚に頭を下げるとお暇した。

安が玄関を出て行く気配は、東司の中からでも分かった。

霊海は半ばべそを掻いていた。安はやはり自分の気持ちを理解しないまま行ってしまうのだ。もう会えないかもしれない。そう思うと居ても立ってもいられない気持ちになった。

安は山門を潜ると、寺に向かって手を合わせ、深々と頭を下げた。そして、

「士郎をよろしくお頼み申します」と呟いた。

霊海は安がもう山門を潜って、出て行く頃だろうかと想像していた。すると、居たたまれない気持ちになって東司を飛び出した。そして、庭に飛び降りると、裸足のまま山門に走った。

居間から自室に戻ろうとしていた霊印は、廊下からその様子を驚きながら見ていた。

「あやつ、やっぱり居たのか。一体どこに隠れておったのか？」

と言って、首を傾げた。

霊海は山門に着くと、門扉の陰に隠れて佛海寺を下るなだらかな坂道に目を落とした。そこには坂を下る安の後ろ姿があった。安の背は小さく寂し気であった。その姿がどんどん小さくなっていった。安は坂を下り切ると、人の気配でも感じたように寺の方を振り返った。そして、山門のほうをしばらくじっと見ていた。

霊海は安が振り返る様子を見て慌てて門扉に体を隠した。そして、目だけをそっと門扉の横から出して安の様子を見ていた。

安は山門には誰も居なかったと思って踵《きびす》を返すと神田川に架かる橋の方へと消えて行った。

霊海は、山門から安の姿が消えるのをじっと見ていた。目から涙が溢れた。

「おかあ」

そう呼んで、声を出して泣いた。

霊印は、廊下からその様子をじっと見ていた。そして、

「それで良いのじゃ」と一人呟くと、自室に引き揚げた。

これが安と霊海の今生の別れとなった。安は九十九年という永い生涯を生きながら二度と息子に会うことは無かった。霊海もまた故郷に足を踏み入れることは一度も無かった。

安は士郎が家串に帰りたい気持ちはよく分かっていた。それを知っていながら心を鬼にして知らぬふりを貫いてきた。士郎と別れることは安も士郎に負けず辛かった。しかし、その気持ちを引き摺れば、士郎に余計な期待を持たせ、修行の妨げになるに違いないと思った。夫の文蔵を亡くしたあと、士郎の存在が安の心を慰め、生きる支えになってきたことは間違いない。平兵衛と再婚して平蔵が生まれても、士郎への感謝と愛情は変わることが無かった。できれば、士郎と共に命が尽きるまで一緒にいたいというのが本心だった。

しかし、平蔵が生まれ、士郎が跡取りになれないという現実は、安にはどうしようもないことだった。跡取りでもない士郎が、この小さな漁村で生きてゆく道は険しい。仮に漁師として生計を立てようとしても一家を構えることすら出来ないだろう。安は、人一倍やんちゃな士郎がみじめな暮らしをするのではないかと想像するだけで気の毒だった。安が士郎にしてやれることは、士郎が家串を離れても立派に生きてゆける道を探すことだった。それも早ければ早いに越したことはないと考えていた。

安の心に重くのしかかっていたのは文蔵の遺言のことだった。文蔵は自分は武士の道を捨てたが、息子は武士にしたいと生前から言っていた。そして、遺書に士郎を熊本の実家に養子に出すようにと残していた。しかし、安はどうしようもなかった。士郎はまだやっと歩けるようになったばかりで、遠距離を連れて行くことは無理だった。実家が養子を受け入れるかどうかも分からなかった。なにより、安は最愛の夫を亡くしたばかりで士郎まで失うことは生きがいを完全に絶たれるにも等しいことだった。到底出来ることではなかった。

安が重い腰を上げて熊本に向かったのは、もちろん士郎の将来を考えてのことだったが、文蔵の遺志をないがしろにしてきたことへの呵責もあった。そして、養子縁組となれば士郎が幼いうちに越したことはなく、急がなければならないとも思った。しかし、女の一人旅で危険を冒してまで行った熊本の実家にはすでに跡取りの息子がいて、養子の話は実現できなかった。士郎が生まれた頃は、まだ長男に子どもが無く、文蔵はそれを知っていて養子の途を考えたのだろう。安は親戚筋などにも相談したが養子の口は全く無かった。安は文蔵にも士郎にも申し訳ない気持ちで熊本から戻ってきた。安は自分の力では到底解決できない問題を抱え込んだと思った。実際、こうした漁村での生活しか知らず、世の中のことを全くと言ってよいほど知らない安が、士郎が立派に生きてゆける道を探すことは至難の業だった。苦しみ、悩んだ末に相談したのが永楽寺の義道だった。安が心を開いて相談できるのは義道しかいなかった。

義道は安の苦しみを理解し、気の毒がった。そして、

「安さんさえ良ければ、城下の彿海寺で小僧に採ってもらえんか相談しても良いがの。あそこで修行すれば、立派な僧侶になれる。士郎は賢いし、物覚えが良いから間違いなく立派な坊さ

んになれる。坊主はお侍さんに頭を下げなくても良いから、お侍よりは上じゃぞ」

士郎を武士に出来なかったことに負い目を感じていた安に、義道は僧侶のほうが武士より格が上だと説いた。そして、仏門に入れることを勧めたのだ。安も、士郎が僧侶になれるなら、文蔵にも言い訳が立つように思えた。

そして、「和尚様の言うとおりにします。私にはほかに考えられません」と言った。

こうして安は、義道の勧めに従って士郎を仏門に入れる決心をした。いわば苦肉の策だったのだ。

義道の勧めで士郎を小僧に出した安だったが、ほんとうにこれで良かったのだろうかと苦悶していた。

佛海寺から戻ったあとも、しばらくの間、仕事が手に付かなかった。平蔵を連れて段畑に登っても、そこに士郎が居ないことが寂しく辛かった。ただぼんやりと宇和海を眺めてはため息をついていた。

「文蔵さんは許してくれるだろうか？」

安は前夫に心の中で話しかけていた。安は文蔵の遺言を実現できなかったことで負い目を感じていた。文蔵が亡くなったときにすぐに熊本に行っていれば、養子は実現できたかもしれなかったからだ。自分のわがままが文蔵の遺志も、士郎の人生をも狂わせてしまったのではないかと苦しんだ。

霊海が母と今生の別れをした直後に、彼の指導役だった霊元が京都の寺に修行に出た。彼は霊元を兄のように慕っていたので寂しかった。

霊秀は、夏の盛りに母を亡くした。母には長患いがあったらしい。霊秀を寺に預けたのは、この病に原因があったのかもしれない。

霊秀はその後元気がなく、傍目に見ても気の毒なほどに落ち込んでいた。仲が良く弟のように可愛がっていた霊南は心配して何かと面倒を見ていた。しかし、秋の頃には物思いに耽るようになって、行動に異常がみられるようになった。

霊印和尚は霊秀が修行に耐えられないと思ったのだろう。霊秀を還俗させ、山から下ろした。どこかに養子に行ったらしいと霊海は聞いたことがあるが、その後のことは分からなかった。

その後三年ほどは、小僧は霊南と霊海の二人だけだった。霊海は表面上は霊南に従っていたが、そりが合わないところがあって、お互いに気づまりだった。ときおり派手に喧嘩することがあって、心配した霊印は二人の部屋を別々にするなど苦心していた。

霊海が十一歳になったとき、霊峰と霊西の小僧たちが相次いで入山《あさん》してきた。二人とも九歳であったから、霊海よりは二歳ほど年下だった。

霊海が十三歳のとき、十八歳になった霊南は吉田の大乗寺に移った。この頃霊海は古参小僧として立派に育ち、霊峰と霊西を厳しく指導しながら寺の雑事を見事に差配していた。

江戸三百諸侯の中でも屈指の名君と言われた五代藩主伊達村候は、九代続いた宇和島藩主の中でも格別な存在であった。十一歳で藩主となった村候の在位は六十年と最長で、この間思い切った施策を幾つも打って藩政を改革した。窮民救済や勤勉の奨励なども積極的に行い領民の評判も高かった。

逸話も多い。

そのひとつが仙台伊達家と本末の争いを演じたことだろう。

宇和島藩の初代藩主秀宗は仙台藩主伊達政宗の長子である。しかし、側室の子であった。そのため、八歳年下で正室の元に生まれた忠宗が仙台藩を継いだ。従って、仙台伊達家が本家で宇和島伊達家が分家であることは明らかで、これを疑う者は誰一人としていなかった。

ところが、村候は仙台藩第六代藩主の伊達宗村《むねむら》があからさまに村候を格下扱いする態度に腹を立てた。そして、宗村をそれまでの「様」から「殿」に呼び方を改め、同格扱いとした。これを不快とした宗村は幕府を巻き込んで仙台を本家、宇和島を分家とする調停を求めた。これに対して、村候は宇和島伊達家の由緒や系図を調べて反論した。分家ではなく、別れたので同格であると主張したのだ。これは結局、幕府の家老であった井伊掃部頭《かもんのかみ》の肝いりで収まった。掃部頭は二枚舌を使ったらしい。仙台藩に対しては、慣例通り仙台が本家、宇和島が分家だとしたのに対し、宇和島藩に対しては仙台藩とは全く別の独立した藩であると言った。今日でも宇和島の古老は宇和島藩とは言わない。あくまでも伊達藩であると。今でも、宇和島ではこのときの裁定が生きているのである。

あるとき村候は汐留の仙台藩上屋敷に参向することがあった。これまで宇和島藩主は駕籠を表門に留め徒歩で玄関を入るのが慣例であった。一方、仙台藩主が麻布の宇和島藩上屋敷を訪れるときは、玄関まで駕籠で乗り入れるのが慣例であった。つまり、玄関を駕籠で入るか徒歩で入るかで格上か格下かの違いがあったのだ。ところが、村候は仙台藩上屋敷の門番が表門を開けるのを見計らって駕籠を突進させ、門番が慌てるのを尻目に玄関まで乗り入れた。そして、悠々と籠を降り、玄関を入ったという。以降、村候は無理やりこれを慣例とさせた。事程左様に、村候は常識破りのところがあった。

村候は山家清兵衛を忠孝の鑑として称え、父親で四代藩主の村年が建てた和霊神社を一段と立派に整備し直した。そして、山家清兵衛を和霊様と呼んで護国の神、産業振興の神として奉り、和霊大祭を始めた。

和霊様への信仰は宇和島に留まらず、四国全土に広まった。坂本龍馬も土佐を脱藩するときに坂本家の守り神であった和霊神社に詣でた話は有名である。

村候の和霊信仰は、菩提寺まで変えた。四代までは龍華山等覚寺《りゅうげさんとうかくじ》が菩提寺であったのを、金剛山正眼院を菩提寺に改めた。近くに、山家清兵衛の墓である和霊廟があったからである。この金剛山正眼院は村候の死後、村候の戒名を取って金剛山大隆寺に改められた。宇和島市民はこの寺を大隆寺とは呼ばない。村候の戒名だからだ。遠慮して金剛山と呼ぶ。龍華山等覚寺も等覚が初代藩主秀宗の戒名であることから、やはり龍華山と呼ばれている。

ちなみに宇和島では初代藩主秀宗の影は薄い。どの藩でも初代は名声が高いのが普通だろう。しかし、山家清兵衛を殺害した事実は彼の評判を徹底的に失墜させた。和霊様の人気の高さに逆比例して彼の評判は地に落ちた。

一方、村候は彼自身の能力の高さもあったが、和霊様を祀ったことで領民の心を掴んだ。宇和島藩切っての名君と呼ばれる所以がここにあった。


正眼院を菩提寺に改めた村候は、正眼院に詣でたあとでしばしば近くの佛海寺に寄ることがあった。正眼院と同じ臨済宗の寺ということもあったが、村候は禅を好んでいた。佛海寺で坐禅を組んでから城に帰るのを楽しみにしていたのだ。

村候公が来るという日の佛海寺は朝から支度に大わらわだった。少しの粗相も許されなかったからだ。

本堂の掃除はいつになく丁寧に隅々まで徹底して行われた。和尚も掃除に加わりご本尊を自ら磨いた。大屋形様が愛用する錦の座布団は数日前から天日でふかふかになるまで干された。

村候は、大抵十名前後の家来を伴い、輿に乗ってやってきた。領民の元を訪れるときは、自ら米や野菜を持参するのを常としており、これも領民の評判を上げた。

村候は坐禅のあと粥を召し上がるのを楽しみにしていた。そのため、小僧たちは坐禅には加わらず、その間に粥を炊き、持参の野菜で煮物を作った。

　坐禅は和尚が立てる線香が燃え尽きる間続く。線香が燃え尽きると、和尚がまず引磬を一度鳴らし、柝木《たく》を2回叩く。それが臨済禅の習わしだ。

　三人の小僧たちは、これを合図に本堂にお膳を運ぶ。まず村候の前に置き、次に和尚の前に置いてから、本堂の廊下に並ぶ家来たちの前に置く。それから庫裡に飛んで行って、粥が入った桶を頭上に高く掲げて本堂に戻って来る。そして、村候から順に回る。村候は目の前に置かれた桶から自らの手で粥を掬って椀に盛る。村候が城で自ら食事を椀に盛るなどということは無い。全て自分でやらなければならない禅寺ならではのことであった。

　粥に次いで汁物が運ばれる。これも同様に村候から順に自らの椀に掬う。

　これらの一連の所作は迅速でなければならない。そうでなければ一番先に盛った村候の粥が冷えてしまうからだ。小僧たちは息を付く間もなく、次から次へと桶を回した。

　こうして膳の支度が整うと、和尚が食事《じきじ》の偈を唱えてから食事が始まる。粥のお代わりは三度まで、汁のお代わりは二度までと決まっており、お代わりの所望があるたびに小僧たちは、膳から膳へと飛んで回る。

　食事は和尚が箸を置いて合掌するのを村候以下が合わせて終わる。小僧たちは素早く膳を下げる。

　しかし、これで終わりではない。

これからは少し寛《くつろ》いだ感じになって茶礼《されい》になる。

小僧たちは膳を洗う間もなく、大きな土瓶にかんかんに沸かしたお茶を入れて頭のうえに掲げて現れる。それをまずご本尊に上げたのちに、村候から順にすべての家来の湯飲みに注いでゆく。

茶礼は何も堅苦しいことはなく、村候も家来もすっかり寛いでめいめいにお茶を楽しむ。村候もこういうときには、ぐっとくだけて難しいことは言わない。和尚と世間話をしては冗談などを言って笑うことも多い。

和尚は気を利かせて暑い時期には団扇などを用意するが、村候は団扇を使わなかった。寒い時期でも火を使うこともなく、家来たちとさほど変わらぬ綿の着物であった。村候は何事においても質素であった。これがまた領民たちの評判を上げた。

村候は霊海に肩を揉むように所望した。霊海は力があり、的確にツボを押さえる腕があったから、村候はそれが楽しみのひとつでもあった。

「名は何と言ったかな？」

「霊海と申します」

「おおそうであった。以前にも訊いたな」

村候は気持ちよさそうにしながら、いつも霊海の名前を訊いては忘れるのだった。

「名前は忘れても、小僧の腕前だけは覚えておるぞ。なかなかのものだ。城下にも腕の良い座頭は多くいるが、そちほどの者はめったにない。仏道のほうもなかなかのものであろう」

村候は、いつも同じことを言った。

そのたびに和尚は霊海に代わって「お褒めいただき、恐れいります」と頭を下げた。

あるときのことであった。このときも村候は霊海に揉ませていた。

「霊海と言ったかな？」

村候は珍しく名前を憶えていたので霊海は意外に思った。

「いつも大義を掛けるの。そうじゃ、今度江戸に参ったときに良い法衣があったら土産に買って参ろうぞ。江戸には宇和島では手に入らぬ良いものがあるでの」

村候はいつになく機嫌がよく、そんなことを言って霊海を喜ばせた。

「この者には、まことにもったいないお話にございます」

和尚は恐縮しながらも喜んで礼を言った。


その年、村候は江戸に参勤交代で伺候し、翌年に宇和島に戻った。

そして、正眼院に参ったのち、また佛海寺に寄った。いつものとおり粥を召し上がってから茶礼になり、霊海に肩を揉ませた。

この日の朝、小僧たちは村候が江戸に行く前に、霊海に土産を買って来ると言っていたことを話題にしていた。そして、どんな法衣を持ち帰って来るであろうかと朝から期待していた。

江戸の法衣がどういうものか早く見てみたかったのだ。

小僧たちの話を聞きつけた和尚は、

「霊海、余計な期待をするでないぞ。どのようなものであっても大屋形様のものは有難く頂戴するのだぞ」

とたしなめていた。

村候は、また霊海に肩を揉ませながら、

「名はなんと言ったかな？」と訊いた。

参勤交代の間に霊海の名を忘れたものらしい。

「霊海にございます」

霊海はそう答えながら何となく嫌な予感がした。

「おお、そうであったな」

村候は、そう言っただけでほかは何も言わない。ただ気持ちよさそうにしているだけだった。

霊海は土産があるなら、それをすでに言っても良いはずなのに、村候が何も言わないことを不審に思った。

「大屋形様は江戸にお出でになる前にわたくしにお約束されましたな」

和尚は霊海がそう切り出したことに慌てた。そして、霊海に向かって無言で手を振った。そのようなことを訊いてはならぬと身振りで言ったのだ。

「約束だと？」

村候は霊海のほうを振り向きながら怪訝な顔をした。

その表情が険しかったので、和尚は余計に慌てて、更に強く手を振った。

しかし、それは霊海の目には届かなかった。

「そうでございます。江戸で良い法衣を買って土産にすると仰せでした」

それを聞いて村候は首を傾げた。

「はて、法衣？」

和尚は目を伏せた。霊海が余計なことをしたと思った。もし、村候が忘れていたなら、主君に恥をかかせることになる。それはあってはならないことだった。

すると村候は思い出したのか、膝を打った。

「おお、そうであったな。すっかり忘れておったぞ。まことに済まぬ」

村候は苦笑しながら、詫びの言葉を口にした。

霊海は土産を期待していただけに落胆して、思わず手を上げた。そして、

「大屋形様とあろうお方が約束を違《たが》えるとは許されませぬぞ！」

と言いながら村候の髷《まげ》を平手で激しくぱんぱんと二度、三度と叩いた。それはまるで坐禅の修行で警策《けいさく》を打ち込むようであった。村候の髷は霊海に叩かれるたびに二度三度と弾んで髪が乱れた。

霊海が村候の髷を叩く乾いた音が本堂に響き渡った。

和尚は思わず腰を上げた。

廊下に控えていた家来たちが一斉に片膝を立てて刀の柄に手を掛けた。大屋形様に危害を加える者は仏道の者でも切って捨てる構えだった。

霊海も叩いてしまったことに自ら驚いた。村候とはいつの間にか気安いような気持ちになっていたから半ば冗談で叩く振りをしようとしたものが、つい力が入り過ぎて叩いてしまったのだ。

和尚が、「これ霊海！　大屋形様にお詫びをしなさい！」ときつく言ったので、霊海は素直に従って、「まことに申し訳ございません。つい冗談のつもりが力が入ってしまいました」と詫びながら、畏まって頭を畳に付けた。和尚も同様に額を擦り付けた。

和尚も家来たちも息を止めて、村候がどうするだろうかとその様子をじっと見守った。

すると、

「あははは」

と村候は豪快に笑った。

「いや、まことにこの小僧の申すとおりじゃ。わしとしたものが領民に約束したものを違《たが》えることはあってはならないことじゃ。むしろ、わしが詫びなければならぬ」

そう言って村候は、霊海の方に体を向けなおすと両手を付いた。そして、平伏している霊海に向かって頭を下げた。

これには霊海だけでなく和尚も家来たちも驚いた。村候が家来はもとより領民に向かって頭を下げることなど有り得なかったからだ。

和尚は余計に恐れ入って、ははあっと頭を畳に擦り付けた。そして、内心大変なことになったと思った。

村候は、家来たちのほうに体を向け直すと、

「お前たちはこの小僧を見習わねばならぬな。わしが間違ったことをするならば、それをいさめるのが家来たる者の役目じゃ。ところがおぬしらは少しもそうしたことを言わぬ。わしは常々それが不満であった。この者は、今日それを教えてくれたのじゃ。小僧、お礼を申すぞ」

霊海も和尚も、村候が予想だにしなかったことを言ったので驚いた。そして本気で許す気持ちであることが分かって安心した。

村候は、さらに、

「土産を忘れた詫びもあるが、霊海には褒美を取らすぞ。なかなか見どころがあると思っておった。今日は持ち合わせておらぬので明日にも持たせるぞ。今度は忘れぬ」

と言って、また豪快に笑った。

村候は翌日家来を使いにして、寺に褒美を届けた。

和尚と霊海は持参された袱紗《ふくさ》の中に十両の大金が入っていたので驚いた。

この事件は、宇和島では佛海寺の小僧が藩主村候の頭を叩いたという形で後世まで有名な話として伝わった。この当時、もちろん霊海はただの無名の小僧だった。しかし、霊海が村候の知己を得たことはその後の生涯に様々な形で影響を与えることとなった。

霊海が肩を揉むのに慣れていたのは、霊印が毎晩のようにして揉ませていたからだ。それは解定の前の一時であった。霊海にとっては早く自分の部屋で横になりたい時間であったから、初めの頃はほんとうに嫌だった。しかし、霊印はその間に様々な話をしてくれた。それがやがて仏道を考えるうえで多くの示唆に富んだものであることが分かって、霊海は後々感謝することになった。

霊印の出自については何も伝わっていない。どこでどのように修行したものかが分からない。しかし、霊海は霊印から禅はもとより仏教の教えについて広範に学んだ。霊印は禅の中興として天下に知れ渡っていた白隠禅師を崇拝し、しばしば白隠を取り上げて話した。その一方で、当時仏教界では異端として忌み嫌われていた仏教学者であった富永仲基《とみながなかもと》の書も熱心に読んでいた。仲基は無神論者で、仏教界にはその書物を排斥する動きがあった。霊印はそうした書物も読んで、広範な知識を持っていた。性格が穏健であったように、知識も一方に偏ることがなく、常識派であったことは霊海にとって幸せであった。

あるとき霊海は霊印に「お前は隻手音声《せきしゅおんじょう》を知っているか？」と問われた。

隻手音声は白隠禅師が公案《こうあん》の第一として出家者にも在家信者にも説いていたものだ。白隠は、信心を極めれば片手であっても両手で打ったように音が聞こえる。そのくらいに信心に打ち込まなければならない。片手で音が聞こえるようになれば、様々な神通力が備わって、現世のことも来世のことも、あらゆるものが見通せるようになると説いていた。

霊海は霊印の影響もあって白隠禅師のものは大分読んでいたし、そもそも隻手音声については、霊印から教わったものだ。

「それは和尚様に教えていただきました」

「おお、そうであったな。それでお前はどう思うのか？」

「どう思うかとはどういうことでしょうか？」

「白隠禅師が言うとおりだと思うかということじゃ」

霊海は驚いた。白隠禅師といえば、当時、禅の世界では最高峰とされ、出家者はもとより在家信者にも帰依する者が多く、その名声は天下に響き渡っていた。白隠禅師の言うことは多くの信者の心を打ち、禅師の言うことを疑う者は無かった。

霊印は、誰も疑う者がいなかった白隠禅師の第一の公案について白隠の言うとおり正しいのかと問うたのだ。霊海は、なぜそういうことを問うのかと訝った。霊印が白隠を崇拝していることはよく知っていたから、霊印が白隠を疑うはずが無いと思った。それを敢えて問うのはなぜかと霊海は疑心暗鬼であった。

「どうした？　お前に考えは無いのか？」

霊印は霊海に答えを催促した。いつも明解に自分の考えを言う霊海が答えに詰まっている様子を楽しんでいるようにも見えた。

「わたしには理解できません」

「ん？　理解できぬと？」

霊印は霊海からそういう返事があることは予想していなかった。霊海は必ず自分の意見を臆せずに言ったからだ。

「それはどういうことじゃ？」

霊印は布団に横になって霊海に肩を揉ませていたが、閉じていた目をぎろりと開けた。

霊印が小僧に明解な答えを求めるときの表情だった。

「片手では音は出ません」

霊海はそう言い切った。

「しかし、白隠禅師は信心を極めれば聞こえると言っておられるのじゃぞ」

霊印は目を閉じて言った。

「それは想像上のことと思います」

「禅師はそうは言っておらんぞ。はっきりと聞こえると」

「無理なものは無理でございます」

霊印は黙ってしまった。

しばらくして、

「そうじゃな」

と言ったので、霊海は耳を疑った。てっきり、信心が足りないと一喝されるだろうと思っていたからだ。

「そうじゃな」

霊印は念を押すように、また言った。

そして、

「よく言うた。出来ぬものは出来ぬと言うのが信念というものじゃ。皆が出来ると言うても、それを容易に受け入れぬことが大切ぞ。反対に皆が出来ぬと言うことを、容易に信じぬことも大事じゃ」

霊海は、ならば霊印は隻手音声を信じるのか、あるいは信じないのかと問いたい気持ちに駆られたが、それは出来なかった。

霊印はさらに言った。

「教えというものを鵜呑みにしてはならない。おのれの信念と良識に照らして正しいと思うか否かが大切ぞ。信念と良識を失うということはおのれを失うことじゃ」

この夜の霊印の言葉は霊海の心にいつまでも残った。

霊印は仲基の影響があったのか、当時の僧侶としては珍しい仏教観を持っていた。彼は自分たちの仏教はお釈迦様の仏教とは異なると考えていたのだ。しかし、それを信者の前で言うことは無かった。

霊海が十五歳になった頃のことである。

この頃、霊印は村候から霊海を諸国に修行の旅に出すようにと言われていた。藩主が一寺院のしかも一小僧のことで口を出すことは異例であった。

村候は霊海に痛打されてから霊海を高く買っていた。佛海寺を訪れるたびに例の通り肩を揉ませたが、霊海を名前で呼ぶことは無かった。その代わりに、

「おい、俺を殴った小僧！」

と笑って呼ぶのが常になった。それは村候一流の親愛の情を表す言葉で、真に気を許す者に対してしかしなかった。

そして、霊海に言った。

「そちは旅に出ないか？」

霊海は突然に言われたので戸惑った。そういうことは考えたことが無かったからだ。

「旅でござりますか？」

「そうじゃ。偉い禅僧というものは皆旅に出ておる。一休も良寛もそうだし、夢窓国師《むそうこくし》も白隠もそうじゃな。そう言えば、佛海寺は応燈関《おうとうかん》の流れであろう。彼らも皆そうであったな」

応燈関というのは、大応国師から大燈国師、関山慧玄《かんざんえげん》と三代続いた純禅の流れのことだ。いわゆる五山派と言われる鎌倉や京都の本流と一線を画し、自分たちこそ中国禅の流れを汲む純粋な禅であると主張した勢力だった。中でも関山慧玄は妙心寺の初代住職でいわゆる開山であり、臨済宗妙心寺派の派祖である。佛海寺は臨済宗妙心寺派の末寺であったから、この流れに属していた。

大応は鎌倉で建長寺の開山、蘭渓道隆《らんけいどうりゅう》に師事したのち、中国に渡って中国純禅の中興と言われた虚堂智愚《きどうちぐ》に学んだ。したがって彼こそが日本純禅の祖だと言われることがある。その大応を継いだ大燈は、大応に認められた証しとして印可を得たのち、京都五条の橋の下に二十年間も乞食に身をやつして修行していたことで有名である。大燈を継いだ関山も美濃の伊深山中に長く姿をくらましていた。世俗から距離を置くというのが、彼らの禅であった。

伊深山中に潜んでいた関山は花園上皇に再三懇請されて、ようやく京都に姿を現して妙心寺に入った。

村候は禅に親しんでいただけに、こうしたこともよく知っていた。

村候は霊海に将来を感じていたのであろう。

「京都や鎌倉の本山で修行する者もおるが、さして勉強にはならぬ。別の道を行け」

実際、この頃、京都や鎌倉の本山は鎌倉時代や室町時代の頃の勢いを無くし、かつての輝きを失っていた。村候がそこまで知っていたかどうか分からないが、敢えて五山ではなく、別の道を行けというのは可愛い子には旅をさせよという親心のようなものであろう。

霊印も、このことを村候から直接に言われていた。村候が本気である証拠であろう。

霊印は、いつものように自室で霊海に肩を揉ませていた。

「霊海、旅に出てみるか？　村候公も盛んに言っておられる。公は本気じゃ」

霊海も村候にそう言われてから、考えてはいたが、いざとなると、どうしたら良いのか全く分からなかった。

霊海の心に安とともに家串から宇和島城下に上って来たときのことが思い浮かんだ。何も分からないまま佛海寺に来て、何も考えることなく仏門に入った。霊海はこのときのことが、いまだに心に引っかかっていた。幼かったとはいえ、何も分からないまま周囲に流されるようにして今日に至ったことが心のどこかにうっすらと影を引いていた。いきなり旅に出ろと言われて、このことが頭をよぎった。そして不安になった。

霊印はどこに行くべきかは言わなかった。

しかし、この頃、霊印の教えはこれまでと明らかに変わっていた。霊海を外に出す準備の積りであったのかもしれない。

「大乗仏教はお釈迦様の教えと同じと思うか？」

「……」

霊海は、霊印の問いが理解できなかった。

この頃霊海らが学んでいた仏教は一くくりにして大乗仏教と呼ばれていた。五世紀に中国から伝わって日本全土に広まったものだが、以来、仏教と言えば、この大乗仏教だった。仏教はお釈迦様が始めた教えで、大乗仏教はそれを伝えるものと考えるのが一般だった。それがお釈迦様の教えと異なると考える僧侶など無かった。霊印もそうだと霊海は思っていた。しかし霊印はそれを疑うかのような言い方をした。

そして、

「法句経を読んだ方が良い」

霊印はそうも言った。

法句経はダンマパダとも呼ばれ、原始仏教を代表する経で、お釈迦様が説いたものを弟子たちがまとめたものと言われている。大乗仏教以前に説かれていた仏教経典である。しかし、法句経を代表とする原始仏教は大乗仏教に変転しており、お釈迦様が説いた教えは大乗仏教に吸収発展したものと考えられていた。

霊海は法句経を読もうと思ったことは無かった。難解であったし、読む必要は無いと思っていたからだ。大乗仏教さえ理解すれば、古い教えである法句経の内容も理解したことになるとも考えていた。

このことがあってから霊海は霊印の蔵書から法句経を借りて読んでみた。しかし、十五歳の

霊海に理解は無理だった。それを素直に霊印に言うと、

「そうであろうな」

と言ってから、

「禅は原始仏教に戻る運動なのだ。禅はお釈迦様の悟りを我々に伝えておる。禅によってお釈迦様の教えに戻ろうということじゃ」

と言い切った。

それを聞いて、霊海はいままで何を学んできたのだという疑問が湧いた。日夜唱えている般若心経にしろ、臨済宗の根本であり、臨済の教えでもある『臨済録』にしろ禅の教えはすべて大乗仏教に基づくものであった。それがお釈迦様の教えと違うなどと疑ったことも無かったからだ。

「大乗仏教がお釈迦様の考え方と違うということであれば、大乗仏教を学ぶ意味は無いということになりませんか？」

霊海の疑問は当然だった。

「そうは言わない。大乗仏教には大乗仏教の価値がある。それを否定しようと言うのではない。しかし、禅を極める者はそこに留まってはならないということだ」

「禅を極めるには原始仏教を学ばなければならないということでしょうか？」

「それも言わない。法句経のことを言ったのは、そういう教えもあったのだということを知っ

ていたほうが良いと思って言ったのじゃ。法句経を読んだとて禅が分かるものでもない。禅は教えに基づくものでは無いぞ。自ら学び、自ら会得するものじゃ。ここで学んでいれば、それで分かるというものではない。お釈迦様は坐禅によって悟りを開かれた。悟りを開かれる前に何か教えがあったということではない」

霊印の言葉はますます霊海を混乱させた。しかし、そこには霊海を佛海寺から巣立たせたいという気持ちがあったに違いない。ここに安住していては禅は分からないと。

霊海は迷路に迷い込んだような気持ちになった。

「どうしたら、禅を会得できましょうか？　わたしはここで禅を学んで参ったと思っておりました。それが分からなくなりました」

霊海は佛海寺における日常の全てが禅であって、何一つ疑ったことが無かった。そのことを霊印は否定するにも等しいことを言っていたのだ。

いままで何の疑問も無かった日常が怪しくなってきた。

霊海は考え込むことが多くなった。

霊印はその変化に気づいていたが何も言わなかった。

霊海は霊印がよく言っていた話を思い出していた。それは、自灯明《じとうみょう》・法灯明《ほうとうみょう》というお釈迦様の教えについてであった。

「お釈迦様はお亡くなりになる前に、ご自分が亡くなったあと弟子たちが困ることがないようにお話しになった。それは自灯明・法灯明ということじゃ。自灯明とはおのれを拠り所にせよということだな。法灯明とはお釈迦様の教え、つまり法というものを拠り所にせよということじゃ。自灯明を先に言われたことの意味は大きい。まず、おのれを信じて、おのれの信ずるところをせよということじゃ。そのうえで、お釈迦様の教えを拠り所にすべきだということで、逆ではない。逆になればわれわれは法というものの奴隷ということになる」

自力救済ということもよく言った。

「出家も在家も皆お釈迦様に頼るという間違いをしておる。お釈迦様の前で合掌すれば、お釈迦様が救ってくださると。これは他力本願の考えじゃな。しかし、お釈迦様はだれもお助けにはならない。助けるのは、自らを助ける者だけじゃ。自灯明とはそういうことじゃな。自力で自らを救済するということじゃ。お釈迦様はそうでない者をけっして救済はされない」

霊海はこれらの言葉を思い出しては、何度も噛みしめていた。

三

霊海は十六歳になった。

この頃、霊海が古参小僧として指導して来た霊峰、霊西の二人は立派に育っていた。その下には霊珍、霊霜という新参も入山してきて、小僧の数が増えた。

十六歳という年齢は佛海寺を出るにはまだ若かったが、ときおり佛海寺に寄る村候は霊海の顔を見ると、「おい、俺を殴った小僧め！　まだおったか？」と繰り返し軽口を叩いた。

霊海はいやがおうにも佛海寺を出なければならなかった。

霊海が覚悟を決めて修行に出たいと霊印に伝えると、霊印は大きく頷いた。そして、霊海にただちに印可を与えた。霊海を霊印不昧の法を継ぐ法嗣《ほっす》と認めたのである。それは禅僧として一人前になったことの証しでもあった。

霊海は黒の法衣を纏《まと》って旅に出た。法衣は村候が褒美としてくれた十両の中から、霊印が江戸に特別に注文して用意してくれたものだった。一見して上等と分かる高品質のもので小僧たちは羨ましがった。

霊海がまず向かったのは、宇和海を渡った豊後（現在の大分県臼杵市）の井村だった。そこの福聚寺《ふくじゅじ》に東厳和尚がいた。東厳和尚の出自は分かっていない。なぜ東厳和尚なのか？　霊海がそれ以前に会ったことがあって、訪ねて行ったという説があるが、実際のところは分からない。ただ、この辺りは佛海寺と同じ臨済宗妙心寺派の寺が多く、霊印が知っている住職も多くいたと思われる。霊印の紹介だった可能性はあるが、今となっては分からない。安の出身である佐伯にも近いが、それが関係したことも無さそうだ。

福聚寺は水田が広がる中にひとつぽつんとあるような禅寺で、静かだった。

豊後は室町末期にキリシタン大名大友宗麟が勢力を誇っていたところで、豊臣秀吉によってキリシタン禁令が発せられるまでは、ほとんどの神社仏閣がキリスト教化されるか破壊されていた。宗麟はもともと禅宗に帰依していたが、キリシタンに改宗すると代々伝わっていた達磨像を砕いたと言われている。禅宗と決別したのだ。この辺りの禅寺がどういう運命を辿ったか想像に難くない。福聚寺も例外ではなく、幸い寺としては存続していたが、この頃はもはや禅寺ではなかった。この時代の記録が、この寺には無い。記録が無いということが、この寺の歴史を物語っているとも言えよう。

禅寺として再建されたのは、江戸時代に入ってからである。寺にはずっと一人の小僧もおらず、東厳にとって霊海は渡りに船だった。歓迎されたことは言うまでもない。霊海は東厳に代わって寺の作務をほとんど一人でやった。炊事、洗濯、掃除、風呂焚きと忙しかったが、そう大きな寺では無かったから、作務と言ってもさほどのことはなく、自由な時間も多くあった。自由なときは坐禅三昧だった。

霊海はまなじりを決して宇和島から修行の旅に出た。あたかも侍が武者修行に出るような心境だったに違いない。それが、ここ福聚寺では少し肩透かしを食ったような気持ちだった。なにしろ自由な時間が佛海寺では考えられないほどあった。しかし、坐禅を通じて考える時間が出来たのは有難かった。

村人は福聚寺に若い僧侶が来たということで珍しがった。一方、霊海も水田に囲まれた生活が新鮮だった。

春になると周囲の水田で田植えが始まった。霊海は珍しいものを見るように村人たちの作業を見守っていた。故郷の家串には水田というものが無かった。水気が全く無い土埃の舞う段畑で作業をするのが当たり前だった。一面に水が張った水田は苗も人も生き生きとしており、乾いて殺伐とした段畑とは全く違った。霊海が村人たちの作業を熱心に見ていると、田んぼからにこにこしながら見上げていた老婆が冗談に声を掛けた。

「和尚さんも一緒に田植えするかねえ？」

すると、霊海は一瞬戸惑ったが、作務衣の裾をまくり上げて、下駄を脱いだ。そして、ずかずかと田んぼに入り、声を掛けた老婆のほうに足を泥に取られながら進んで行った。

驚いたのは村人たちだった。声を掛けた老婆もまさか坊さんが本気で田植えをするとは思っていなかった。だから、霊海が田んぼの中を近づいて来るのを呆れたように半信半疑の顔で見ていた。

「どうやったらええかな？」

霊海は老婆に近づくと笑顔で訊いた。

老婆は霊海が本気だと分かって、自分が持っていた苗を少し霊海に分けて、こうやるのだと言って、苗の植え方を教えた。

霊海は簡単だと思って、苗を数本ずつ右手に取り分けて、水田の泥の中に植えていった。しかし、老婆からはそれでは深く刺しすぎだとか、それでは刺し方が足りないとか何度も注意されて、そう簡単なものではないことが分かった。しかも、腰をかがめての作業は思ったほど楽では無く苗を一列植えただけで腰が痛んだ。しかし、家串以来の農作業が楽しく、腰を何度も大きく伸ばしては続けた。そして田んぼ一枚を村人と一緒に仕上げてしまった。

坊さんなんぞに田植えが出来るわけがないと冷笑しながら霊海の様子を見ていた村人たちは、霊海が一心不乱に苗を植え込んでゆく姿に打たれるものを感じた。霊海はこの後寺の作務もあったから、ほんの一時ほど田植えを手伝って田んぼから上がったが、村人たちは大変喜んだ。

この時期は、どの村も村人総出で田植えをする。村人だけでは足らず近郷近在の漁師などもかき集めてする。まさに猫の手も借りたいほどの忙しさだ。だから霊海のような僧侶まで手伝ってくれるのは大変有難いことだった。

しかし、僧侶が田植えをするのは聞いたことが無く、たちまち村中の評判となった。

東厳は霊海が泥まみれになって寺に戻って来たのを見て驚いた。そして、田植えをしていたと聞いてまた驚いた。すると、

「一日なさざれば一日食らわず、じゃな」

と言って笑った。

これは禅宗の開祖、達磨大師から数えて九祖になる百丈《ひゃくじょう》懐海《えかい》禅師が残した有名な言葉であ

る。禅宗では作務を重んじるが、この言葉はそれを端的に表していた。

東厳は霊海が来たことで仏門らしい会話が出来るようになったことを喜んだ。とくに好んだのが公案を巡る話であった。公案というのは禅宗に独特のもので、仏門や禅について考えを問う問答である。

霊海は、霊印から公案を教わったことはあった。しかし、霊印によれば公案には様々なものがあり全てを数えれば優に千や二千を超えるという。そうだとすれば、霊海が学んだのは、そのうちのごく一部にすぎないということになる。霊印は、霊海らが仏門の小僧として知っているべきと思うものを選んで教えたものであろう。霊印は教えはしたが、それについて小僧の考えを問うことはめったに無かった。仮に、問うたとしても、答えの良し悪しを言うことは無かったし、和尚の考えを言うことも無かった。ただ、公案の内容を教えるのみであった。

あるとき東厳は、狗子無仏性《くしむぶっしょう》の公案を取り上げた。犬畜生に仏の心が有るか無いかを問う有名な公案で、禅の教科書とも言うべき『無門関』の第一則に数えられるものである。修行僧の雲水に最初に与えられる難関で、これを通過できず、僧侶になることを諦める者もあるという。

霊海は、もちろんこの公案は知っていた。霊印から教わったのは、まだ小僧になり立ての頃だった。このとき、和尚は霊海に、「お前は犬畜生に仏様と同じような心があると思うか？」と訊いた。霊海は、すぐさま「ございません」と答えた。霊印は、それが正しいとも間違っているとも言わなかった。霊印自身がどう思うかも言わなかった。

霊海は東厳にこれを問われて言った。

「犬畜生に仏様の心があるとは到底考えられません」

それに対して東厳は、

「それではお釈迦様は嘘をおっしゃったことになるの。お釈迦様はあらゆるものに仏性があると言っておられる」

「しかし、常識的に考えて、お釈迦様が犬畜生や草木まで含めたとは考えにくいのではないですか？　そういう言葉が残っているからそうだと、言葉に拘泥するのは正しい解釈と言えますでしょうか？」

「お釈迦様のお言葉は絶対ではないだろうか。我々は疑うことは出来ない」

東厳は当然のように言った。

また、ある時は大乗仏教のことで議論となった。東厳はあくまでも大乗仏教はお釈迦様の教えであるという立場であった。疑う余地はなく、疑問を呈すること自体が馬鹿馬鹿しい考えだと言って、お釈迦様の教えではないという考えを一蹴した。霊海は富永仲基の考えを持ち出した。しかし、東厳は仲基を知らず、彼の論を霊海から聞いて、それは邪教の考えであると言った。そして、これも一蹴した。もちろん、霊海も仲基の考えを鵜呑みにしていたわけではない。霊印もそうであった。しかし、そういう考え方もあるということは認めていたのである。しかし、東厳は疑うこと自体が不遜であると頑なに言った。

東厳と霊海はこうした議論を延々として夜が明けることもあった。

東厳の考えは、その当時の僧侶一般に通じる考えと同じであった。霊海は、霊印和尚のもとで育ち、教えを受けてきた。しかし、それは佛海寺においてのことであって、その外においては随分違うのだということを初めて知った。そして、なぜ村候が旅をしろと言い、また霊印がそれに賛同したのかが、分かったと思った。


霊海は、周辺の田んぼが苗で埋まるまでの数日間、時間があると田植えに出た。

霊海はたちまち村の人気者となり、いままではあまり寄り付かなかった村人でも寺に顔を出すようになった。そして、霊海の話を聞きたがった。村人たちは様々な問題を抱えていて、若い霊海から仏法に基づく正しい答えを聞きたがったのだ。しかし、霊海は村人に仏法を説くより坐禅を勧めた。

霊海はそうした村人たちに、ひとに答えを求めてはならないと説いた。霊印からお釈迦様の教えは自力救済であって他力本願ではない。他力本願ではひとは救えないと教わっていたからだ。

村人の間では、仏様にすがってお助けいただくという他力本願の考えが当たり前になっていた。だから、霊海に自ら答えを求めるという自力救済の考え方を聞いても初めは納得しなかった。霊海は問題の答えは自分の中にある。それを自分で導かねば本当の解決にはならぬ。ひとに訊いたのでは、問題が起きるたびに訊かねばならない。永遠に自分で解決することが出来ない。それでは駄目だと繰り返し説いた。そして、自ら答えを導くために坐禅を勧めたのだ。

「信者になる必要は無い。ただひたすら坐って考えよ。お釈迦様もそうやって答えを導かれたのじゃ」

霊海がそう説くと、朝課晩課のときに参禅を希望する村人が現れた。最初はほんのひとり、ふたりであったものが、やがて五人になり、十人となって狭い本堂が人で埋まった。

それまで村人にとって坐禅は禅寺の坊さんがするもので、庶民がするものではなかった。それが霊海という一種変わり者の僧侶が来たことで、考え方が変わった。

秋になると周辺の田んぼでは稲刈りが始まった。これを霊海が見ていると、村人がまた霊海を誘った。霊海は何の躊躇も無く、稲刈りに忙しい村人たちの中へ入っていった。

村人たちは、自然と霊海の周りに集まった。この頃は井村で霊海を知らぬ者はなく、誰彼となく彼に鎌の使い方を親切に教えようというのである。

霊海は稲刈りは初めてだったが、すぐに要領を覚え、易々と稲を刈り進んだ。それが中々巧みであったので、村人たちは驚いて歓声を上げげた。

「和尚さんは器用じゃね。見直したわ」

「わしは南宇和で、段畑の麦を刈っていたのじゃ。麦も稲も要領は同じじゃけん、何も難しいことはないわ」

と霊海が種明かしをすると、村人の中から、漁師で宇和海に何度も行ったことがあるという男が言った。

「あの南宇和ですかの？　あそこはほんに貧乏なところじゃね。草一本、木一本生えておらん。どこの山も丸坊主じゃ。初めて見たときはびっくりしたわ。和尚様はあそこから来られたんかいの。それじゃあ辛抱強いわけじゃ」

村人たちは霊海が貧乏寺に来て住職に代わって一人で作務をこなしている姿を見て知っていた。それを辛抱強いと思っていたのだろう。


霊海の評判もあって、福聚寺に小僧が入山してきた。ずっと住職がひとりで守ってきた禅寺は霊海が来たことで、かつてない活気を取り戻した。霊海はこの小僧の指導でしばらくは大変だったが、彼が慣れてくると作務の量が減って助かった。

また春が来ると田植えをし、秋には稲を刈った。それを二度ほど繰り返して、また田んぼに稲の穂が実り始める頃だった。

霊海は十八歳になった。小僧は霊海が面倒を見なくとも作務をこなせるようになっていた。霊海も僧侶として更に成長し、村人たちの信頼も厚かった。霊海の評判は近郷近在の同門の禅寺にも聞こえた。僧侶たちの集まりに声が掛かるようになり高名な禅僧たちの噂も耳に入るようになった。まだ修行が足りないと思っていた霊海は、仕えるべき高僧を求めていた。

霊海の耳に入る中で圧倒的に高い名声を誇っていたのはやはり駿河の白隠慧鶴《えかく》だった。この頃、白隠は『遠羅天釜』と『夜船閑話』という仮名法語を相次いで出版し、これらが全国的なベストセラーになっていた。いずれも彼の実体験に基づいて禅と健康法について説いたもので、一般庶民向けに平易な仮名で書かれていた。『藪柑子《やぶこうじ》』で、彼は有名な「隻手音声」の公案を公にし、公案禅を広く一般にも知らしめた。これらの著作を通して白隠という名が一般に知られただけでなく、禅を庶民に身近なものとし、今日の大衆化への道を切り開いた。

ほかにも評判の高い僧は様々にいたが、霊海がぜひ参禅したいと思った高僧のひとりに月船《げっせん》禅慧《ぜんね》がいた。弟子を育て上げることではこの僧の右に出る者はいないという評判で武蔵国（今の横浜市）にいた。

その月船和尚を育てたのは東の白隠に対して西の古月と評判が高かった古月禅材《こげつぜんざい》だった。古月はこの頃すでに亡くなっていたが、月船和尚を始め多くの法嗣を育て、その法脈は今日まで影響を及ぼしている。

その古月が師事した賢巌禅悦《けんがんぜんえつ》禅師は豊後の多福寺の住職だった。福聚寺からも近く霊海も寺に詣でたことがある。古月を育てたことで賢巌の名声は高く、孫弟子に当たる月船のこともこの辺りでは評判だった。自然と霊海の耳にも月船の評判が入っていたのだ。

霊海は東国に行くことを考え始めていた。

そのころ霊海は、風の噂で豊前（今の福岡県）に月船禅慧の法嗣であり、妙心寺の首座《しゅそ》である蘭山正隆《らんざんしょうりゅう》がいることを聞いた。首座は妙心寺における最高位の僧侶である。霊海は、ぜひ蘭山に直接月船のことを聞いてみたいと思った。そして、旅に出る決心を固めていた。

東厳に相談すると、彼も修行に出たいという霊海の気持ちが分かっていたのか、快く賛同した。


旅立ちの日、霊海が寺を出るという噂を聞いて村人たちが福聚寺に集まってきた。

「どこにいらっしゃる？」

村人たちは人気者だった霊海が出て行くのを惜しんで訊いた。

「豊前へ。まだ修行が足りませんのでな」

霊海がそう言うと、

「豊前なら近かばってん、いつでも戻ってきなされ」

と言って、村人たちは霊海が戻ってくるのを期待した。

霊海は村人たちがそう言ってくれることが嬉しかったが、戻ってくるとは言わなかった。後ろ髪を引かれる思いだったが、戻ることはないだろうと思っていた。老婆が餞別代わりに握り飯を用意して持参していた。霊海は老婆の手を取って礼を言った。

このとき蘭山正隆は豊前の馬借町（現在の小倉北区）にある開善寺にいた。開善寺は、元は信濃にあった。信濃の守護だった小笠原貞宗が開創したものだったが、寛永九年（一六三二）に小笠原氏が豊前に転封になったときに、この地で改めて開創された。臨済宗妙心寺派の末寺である。

蘭山は若いとき月船禅慧に師事した。その後、この寺の住職になり、宝暦九年（一七五九）に臨済宗妙心寺派の大本山である妙心寺の首座となった。

霊海はいままでこれほどの高僧にまみえたことは無かった。それが豊後とは目と鼻の先の豊前にいるというのだ。これはいわば蘭山の里帰りのようなものだった。

霊海は蘭山がいつまでも開善寺にいるはずが無いと思った。急がねばならず、旅立ちは慌ただしくなった。

霊海が思った通り蘭山は明日にも豊前を発って京都に戻ろうかというところだった。いわば間一髪で蘭山に会うことが出来たのだ。

幸い霊海の評判は豊前にも聞こえており、突然の来山にもかかわらず蘭山との参禅が許された。

夜の遅い時刻に蘭山の前に参じることを許された霊海は、行燈を背にして佇んでいた蘭山にひれ伏した。蘭山には高僧に独特の重圧があり、霊海はその存在感に圧倒された。しかし、威圧的なところは微塵も無く、霊海が蘭山の師である月船和尚に師事したいのだと言うと、好々爺のような顔になって和尚のことを話してくれた。参禅と言うといわゆる禅問答というように、老師と弟子の魑魅魍魎《ちみもうりょう》とした言葉の応酬になることが多いが蘭山にはそういうことが無かった。

「月船和尚様ほど禅の道理が分かった禅僧はほかにはおられぬ。わしはこの方にお会いして初めて禅というものが分かった。わしが今日あるのはこの方を抜きにしては考えられぬ。しかし、和尚様が手取り足取り教えてくださると期待してはならぬぞ。まずは形から入らねばならぬ。形と言ってもただ坐禅を組めば良いということではない。和尚様は坐禅こそ真の仏に至る道とおっしゃった。まさに真の仏になろうという覚悟が要るぞ。和尚様は、その覚悟を見抜かれる。坐禅の姿かたちを見て、たちどころに見抜かれる。誤魔化しは一切利かぬ。それは恐ろしいほどじゃ。その者の心は必ず所作に現れるというのが和尚様の繰り返しおっしゃられたことじゃ。いくら学問を積もうとも、いくら学識を深めようとも和尚様はさようなことは大事とはされない。ただひたすらに禅に打ち込む者しかお認めにならぬ。修行は厳しいぞ。そのほうにその覚悟があるなら、ぜひ参禅されよ」

蘭山から聞いた月船和尚の話は霊海の心に響いた。そこには空理空論ではなく、生きた禅があると強く感じた。ぜひとも月船のもとに馳せ参じたいという気持ちが強くなった。

霊海は丁重に礼を述べて深々と頭を下げると、素早く引き下がった。

霊海はいよいよ東に向かう決心を固めた。そして、秋のうちに豊前を出て備中（岡山県）へ向かった。備中の宝福寺に白隠慧鶴から印可をうけた大休慧昉《だいきゅうえぼう》が居ると聞いていた。霊海は月船に師事することを決めたが、出来れば白隠の謦咳《けいがい》にも触れたいと思っていた。だから、東に向かう途中で大休に参禅して、白隠について知りたいと思った。

備中には瀬戸内海を船で行けば、陸路を行くよりかなり早く到達できるが、霊海は急がなかった。船で赤間関（現在の下関）に渡ってから、山陽道を歩いて備中に向かった。長門、周防、安芸、備後の各地で禅寺に逗留しながら備中に着いたのは冬も深まった頃だった。

宝福寺の山門に着いた霊海は、寺がこれまでに見たことがないほど立派な伽藍を構えていたので驚いた。宝福寺は臨済宗東福寺派の本山の一つで西国布教の拠点であった。仏殿の向こうには朱に輝いた三重塔が威容を誇っていて、方丈も立派だった。

霊海は同じ臨済宗でも妙心寺派で東福寺派ではなかったが、南予から豊後、豊前と修行を重ねて来たという彼を寺は温かく迎えて、庫裡に一部屋を与えてくれた。

彼は大休禅師に参禅したい旨を告げて、そのときが来るのを待った。ところが、一週間経っても、十日経ってもなかなかそのときが来なかった。大休禅師が寺にいることは確認したが目にする機会も無かった。霊海は不思議に思った。病気だろうかと思って、少し馴染みになった僧侶に訊くと、そうではないと言った。

ある朝、霊海は庫裡から東司に向かう廊下から、異様な光景を見た。それは方丈の庭だった。一人の高僧と思われる僧侶がまるで病人のように庭をそろりそろりと歩いており、その後ろを二人の侍者の僧侶が付きそうようにして歩いていた。高僧は顔色が悪く、じっと目を閉じたまま夢遊病者が歩いているように見えた。そして、突然、気でも失ったかのように大きく揺れて体勢を崩し、膝をついた。二人の侍者は慌てて、その体を支え、抱き上げた。高僧は正気を取り戻したように立ち上がると、大丈夫だというように侍者の手を振り払った。そして、またそろりそろりと歩き始めたが、目がうつろで異様だった。

その有様があまりに衝撃的で霊海は見てはならぬものを見たと思った。急いで東司を済ませると急ぎ足で庫裡に戻った。そして、馴染みの僧侶に訊くと、庭を歩いていたのが大休その人であることが分かって驚いた。

霊海が、

「お具合でも悪いのか？」

と訊いたが、僧侶は、いやと言うように首を振った。

しかし、

「すぐにお会いするのは難しかろうな」

と言った。僧侶は霊海が大休に参禅するために来たことを知っていた。

大休は若い時、京都の東福寺で象海《ぞうかい》恵湛《えたん》老師の侍者をしていた。そのときから突然に茫然自失になることがあったらしい。そのため仲間の僧侶の間では夢中侍者と呼ばれていた。一種の精神疾患であろう。大休はこの状態のときは異常でも、ほかのときはしっかりしていたらしい。

霊海は冬の間中、大休に参禅する機会を待った。

霊海がようやく大休の参禅を許されたのは、もう春の兆しが訪れた頃だった。

霊海は、東司から見た大休の姿があまりに衝撃的だったので、どういう参禅になるのか不安だった。まともな問答が出来ないのではと心配した。

大休と隠寮で初めて向かい合ったとき、霊海は一度ひれ伏してから顔を上げて、正面の大休の顔を恐る恐るというようにして見た。しかし、驚いたことに目の前の大休は涼やかな表情に優しい笑みを浮かべていた。霊海はこれが以前目にした大休と同じ大休であるということが信じられなかった。

霊海は、まず来歴を申し述べ、これから東国に修行に行く積りだと言った。月船の名は出さなかったが、まず白隠禅師に参禅したいのだと言った。

すると、大休は「それは誠に結構だ。ぜひ参禅しなさい。白隠様も歓迎してくださるだろう。大変に度量の大きい方じゃからの」と言って、参禅を勧めた。

そして、

「白隠様の謦咳に一度でも触れた者は誰でも、その神通力に驚くだろう。白隠様はなんでもお見通しなのだ。それは若い頃に禅病になられて苦しんだ経験の中から生まれたもので、机上の書物から得られたものではない。苦しんで、苦しんで、苦しみぬいた中から生み出されたものなのだ。大悟十八度、小悟数知らずと豪語されるのは、そうした経験の積み重ねの中から何度も新たな境地に達せられたからであって、けっして大げさなものではない。生きた経験に基づくものだから説得力がある。分かり易くお話しすることが出来る。だから多くの信者を引き付けるのだ」

と言った。

大休は白隠の法嗣であるから白隠の教えに従い、敬意を払うのは当然だった。しかし、霊海は、大休の言葉に単なる追随や畏敬を超えるものを感じた。白隠の神髄を真に理解した者の言葉で重みがあった。霊海は、どうしても白隠に参禅しなければならないと改めて強く思った。そして、大休に「大変良いお話を賜りました。必ず参禅いたします」と言って、深々と頭を下げた。

大休とまみえたのはほんの短い時間であった。もっと聞きたいことは色々とあったがこれで十分だった。霊海は長い間待った甲斐があったと思った。

そして、ただちに東へ向かった。


備前、播磨、摂津、山城と山陽道を歩いて京都に着いたのは、夏の初めの頃で、霊海は道中で十九歳の誕生日を迎えた。

京都で真っ先に向かったのは勿論臨済宗妙心寺派の大本山妙心寺だった。

備中で宝福寺を見たときには、これほどの寺は無いと思ったが、妙心寺の威容はそれをはるかに超えていた。

山門ひとつを取っても、いままで見た大きな寺の本堂をも凌駕する巨大なもので、仏殿や法《はっ》堂《とう》の大きさ、荘厳さは他に比べるものがなかった。更に驚かされたのは塔頭の多さだ。数えきれない数の塔頭が、妙心寺の主要な伽藍の周りを東西から北の方面に広がって建っており、壮大な寺院群を形成していた。

ここは元々花園上皇が御所としていたところだが、建武二年（一三三五）に落飾して法皇となられたときに禅寺に改めたものだ。暦応五年（一三四二）に大応、大燈の流れをくむ関山慧玄が開山となって妙心寺となった。

霊海は山門に立って、その巨大さ、広大さに途方に暮れる思いだった。

彼は山門のところに境内の案内図があるのに気が付いて、その前に立った。案内図からも、この寺の壮大さが分かった。彼はその案内図の中に林立する塔頭《たっちゅう》で、麟祥院《りんしょういん》という名の寺を探していた。麟祥院は大方丈の奥、大庫裡の裏手にあった。彼はここに佛海寺で半年ほど指導してくれた霊元がいると霊印に聞いていた。名前を宗玄と改めたことも知っていた。

霊海は仏殿、法堂、大方丈を順に右に仰ぎ見ながら奥へと進んでいった。そして、案内図にあったように大庫裡の背後にあった小径を入って行った先に麟祥院はあった。寺は徳川三代将軍家光の乳母であった春日局の菩提寺である。

霊海が門を入って庫裡に回ると、若い僧侶がいた。

彼に、

「宗玄和尚様はおられますか？」

と訊くと、ちょうど昨年末に北陸にある寺に移ったばかりだと言った。

霊海は不運を嘆いた。宗玄がいれば、ここにしばらく逗留させてもらえると期待していたからだ。そのことを僧侶に言うと、ここは無理だが、妙心寺に頼んでくれると言った。大本山だけに逗留を希望する僧侶が全国から来るので、受け入れていると言う。

霊海は有難いと礼を言って、その僧侶に従って大庫裡に向かった。

大庫裡は「大」という字が付いているだけに、これが庫裡だということが信じられないくらいに大きな建物だった。その僧侶が言ったように、そこには各地から来た僧侶たちが大勢いて、忙しそうに動き回っていた。

霊海は社務所に逗留を願い出て、帳面に記帳すると、やはり多くの逗留者が泊まる大部屋に案内された。そこで逗留中の生活について説明があったが、諸事については他の逗留者に倣ってするように指示された。

逗留者に課せられた作務は広大な境内の清掃だったが、午後は晩課まで自由な時間があって、霊海は京都の寺院を巡った。

しかし、一つ一つの寺院が巨大であり、敷地も広大であった。晩課までの短い時間ではひとつの寺院を巡るのがやっとだった。北の比叡山や南の高野山の方面まで足を延ばすことがあったが、数日は必要であった。そのときは特別な外出許可が必要だった。しかし、物見遊山に来たと思われれば寺を追い出されるおそれがあったからそれは簡単では無かった。

もともと京都に永く逗留する積りは無かったが、それでも結局冬が終わる頃まで滞在した。霊海はもう二度と京都に来ることは無いだろうと思っていたから、余すところなく見て廻ろうとしたのだ。

京都の冬の寒さは厳しい。その寒さが少し緩んできたころ、霊海は京都に別れを告げた。向かったのは白隠禅師のいる駿河だ。

東海道をひたすら東に向かった。

伊賀、伊勢、志摩を巡って尾張でしばらく逗留した。そののち、三河、遠江を経て駿河へと入った。もう初夏の頃で、霊海はまもなく二十歳を迎える頃だった。

白隠慧鶴がいたのは原宿の松蔭寺である。寺は駿河湾に面した広大な水田地帯の中にあった。京都で妙心寺を始め、壮大な寺院を幾つも見て来たあとだけに、寺はいかにも小さく、質素すぎるほどの佇《たたず》まいに見えた。少なくとも、白隠慧鶴という当代きっての名僧がいるというにはあまりに小さく、霊海は意外さを隠せなかった。

しかし、門の内には庭という庭に在家の信者と思われる大勢の人たちがいた。聞くと、これから白隠禅師の法話があるという。彼らはそれを待ち焦がれていたのだ。本堂はいかにも手狭で、優に百人を超えると思われる人々を収容することは不可能だった。信者は近郷近在の農民や漁民、それに商人などの町人であった。

霊海は、いきなり白隠の法話が聞けるらしいことが分かって幸運だと思った。白隠の偉大さから考えて、もしかしたら自分のような一介の僧侶では簡単にはまみえられないのではと思っていた。それがこの信者たちの前にいまから姿を現すというのだ。霊海も期待に胸を躍らせた。

霊海が聴衆の中から首だけようやく出して、本堂の中を見ていると、何人かの僧侶が現れて慌ただしく見台などを用意しているのが見えた。そのあと奥から一人の老僧が聴衆を見るでもなく現れ、ご本尊に向かって座った。霊海は、その老僧の威厳に満ちた様から白隠その人であろうことは容易に想像がついた。そして、その後ろ姿も神々しく、思わず心が震えるような感動を覚えた。

導師の叩く木魚に合わせて般若心経の読経が始まると、庭にいた信者も一斉に経を唱えた。霊海はこれほど多くの人々が熱心に心経を唱えるのを見たことが無く、その姿に胸を打たれた。読経が終わると、白隠は座布団のうえで身体の向きを変え、信者のほうに初めて視線を送った。その表情は霊海がいままで見たことが無いほど柔和で、少しも高僧らしい堅苦しさが無かった。そして、まるで講談の講釈師のような口調で聴衆に語り始めた。

すると、さっきまで緊張に息をひそめていた信者たちが頬を緩めた。そして、しばしば笑いが渦巻いた。白隠は駿河の言葉で語りかけ、しかもこの地方の人なら誰もが知っているらしい身近な話題を取り上げていたから、霊海にはほとんど理解できなかった。白隠の前段の語りは、いわば講談の枕のようなもので、聴衆は一遍に話に引きずり込まれた。後半は、白隠ならではいたのだ。

のもので隻手音声の話と健康法に関するものだった。信者たちはこの話が聞きたくて集まっていたのだ。

白隠は隻手音声の話になると、まず両手をぱんと打った。

「両手を打てば音がするのは当たり前じゃな。それでは、これではどうじゃ？」

と言って、左手をぐっと大きく前に突き出した。

「これで音が出せるかな？　どうじゃ、片手で音が出せるかな？」

白隠はそう言いながら、聞き入っている聴衆を見回した。

「出せるわけがないと思っておられるじゃろ。それが修行を積んだ者と積んでおらん者との違いじゃ。修行を積んだ者は、まるで両手で打ったように聞こえるようになる。そのくらいに修行を積まなければならん。もし、片手でも聞こえるようになれば、あらゆるものが見通せるようになるぞ。それが神通力というものじゃ」

白隠の話術の巧みさもあって、聴衆は皆、その話に引き込まれ、大きく頷いた。

それから得意の健康法の話になって、講話は延々と続いた。そして、最後は僧侶たちと信者たちが一緒になって白隠禅師坐禅和讃を唱和して終わった。

信者たちは白隠に深々と頭を下げて、三々五々に散って行った。どの顔にも満ち足りた平和な表情があった。

霊海は、その一部始終を見て、ここにしばらく逗留することを決めた。

霊海は逗留を許されたが、逗留を希望する者が多く、庫裡の部屋は一杯だった。やっと隅の一角を与えられて、白隠に参禅する日を待った。

霊海は、白隠に隻手音声のことを直接訊いてみたいと思っていた。霊海はずっと隻手で音が聞こえるということを疑っていた。どんなに修行を積んだところで、ありえないことと考えていた。その疑問を直接白隠にぶつけてみたいと思っていたのだ。

白隠はほとんど自室の隠寮に籠っていた。禅僧としては空前絶後とも言えるほど多くの著作を残した彼は執筆に追われていた。

逗留する僧侶は例外なく白隠に参禅することを希望していたが、参禅を許すのは解定前の一時だけで、なかなか霊海に順番が回ってこなかった。

ある晩、霊海は参禅を終えたばかりの僧侶に問うた。僧侶が参禅を終えて、いかにも感激の面持ちで満ち足りた表情をしていたからだ。本当は参禅の様子を訊きたかったのだが、それは許されなかった。只、隻手音声についてどう思うか？　とだけ問うた。

すると、僧侶は霊海の問いが分からなかったのか、「ん？」と怪訝な顔をした。

「隻手で音が出るかと伺っておるのです」

霊海がそう言うと、僧侶は益々怪訝な顔をして、霊海の顔をじっと睨みつけるようにして見た。それは疑問の余地が無いことを訊いているという非難に満ちた表情だった。

行燈が一つあるばかりの、うす暗い部屋には、ほかにも逗留中の禅僧が何人もいて、それぞれに坐禅して解定のときを待っていた。彼らが、一様に霊海のほうに目を向けてじっと睨んだ。それはまるで霊海を未熟者として軽蔑するような表情であった。

霊海はそれ以上問うことを止めた。

ようやく霊海が参禅を許されたのは逗留して七日目の夜だった。

隠寮の前の廊下に正座して順番を待っていると、障子一枚を隔てた部屋の中から、ほとんどひそひそ話に近い会話が聞こえた。一方は間違いなく白隠の声だったが、それは講話のときに聴いた良く通る甲高いものとは異なって、低い重みのあるものだった。話の内容は良く分からなかったが、白隠が僧侶に何かを諭しているようだった。

霊海は一体白隠とどのような問答になるだろうかと想像すると気が高ぶり、顔面が紅潮するのが分かった。隻手音声の疑問をぶつけ、必ず白隠から納得のいく答えを得る積りだった。

やがて部屋の中で鈴が鳴った。すると、中で参禅していた僧侶が、膝をついたまま障子を開け、白隠に向かって低頭してからすすっと出てきた。霊海はすかさずその僧侶と入れ替わるようにして、入り口で低頭すると中に入った。両手で障子を閉めてから、白隠に一度向き直って、また低頭した。

白隠は部屋の中央に正座して、入室して来る霊海の様子をじっと見ていた。横には文机があり、その上には硯と筆、それに半紙が整然と置かれていた。霊海は白隠の数多くの著作はこの机の上で書き上げられているのだろうと想像した。

霊海は低頭のまま、宇和島の佛海寺で得度したことや、四年の間、豊後から西国の寺を廻って、ここ松蔭寺に至ったことなど、その来歴を申し述べた。

白隠は静かに頷きながら聴いていた。霊海はときおり上目遣いに白隠の顔を見た。行燈の優しい光に照らし出されたその顔は講話のときの一種押し付けがましいものとは異なって、柔和で優しいものだった。そこにはあらゆるものを包み込むような包容力があった。霊海は白隠を前にして途方もなく広く深い宇宙空間の闇の中に引き込まれるような心地《こころもち》だった。そして、自分が疑問視していた隻手音声の問題が、いかにも取るに足りないことに思えてきた。

白隠は、あくまでも柔和な表情で問うた。

「何か訊きたいことがお有りではないかな？」

霊海は心の内を読まれているような気がした。

隻手音声について問うかを迷って気後れした。しばらく声が出なかった。

「隻手音声について訊きたいのではないかな？」

霊海は驚いて白隠の顔を見た。なぜ白隠にそれが分かったのか？

これが神通力というものなのか？

霊海は戦慄を覚えた。

そして、ただ、

「ははっ」と言って、平伏した。

「納得されておられるかな?」

霊海は、そう問われて、

「分かりませぬ」

とだけ答えた。

白隠は少し口元を緩めると、

「そうであろうよ。顔にそう書いてありますでの」

と言って、微笑んだ。

霊海はますます恐れ入って頭を下げた。

「疑問を持つことは不思議ではない。疑問は疑問として大切にすることじゃ。疑問を持ちながら修行することも修行のうちじゃでの。解決せねば修行が出来ぬということでもなければ、解決することが修行の目的であるということでもない。修行は修行じゃ。分かることもあれば、分からぬこともある。分からないままに進まれよ。さすれば分かることもあろうよ」

白隠はそう言って、霊海の顔を見た。その表情には少しも押し付けがましいところが無かった。

「よろしいかな?」

白隠がそう問うと、霊海は、

「ははっ」

と、また平伏した。

白隠は横に置いていた鈴を振った。

霊海は一礼すると、膝を付いたまま後ずさりした。そして、障子を開け、再び低頭して、部屋を出た。廊下には次の僧が待っていた。


霊海は、次の朝、まだ暗いうちに松蔭寺を後にした。

六月末のことである。

霊海は昨夜の参禅のことが頭から離れなかった。白隠は霊海の心の内さえ見通していたのだ。それが彼の言う神通力なのだろうと思うと、昨夜と同じ戦慄を覚えた。計り知れない能力。霊海は初めて人智を超えた能力を見たと思った。

霊海は白隠という稀代の名僧にまみえることが出来た幸せをしみじみと感じた。隻手音声の疑問は白隠を前にしても解決することは無かったが、しかし、彼にとって、それはもうどうでも良かった。

「分からぬままに進まれよ」

霊海は白隠のその言葉を噛み締めた。そして、新たな道を行く決意を固めていた。

霊海は寺を出ると、駿河湾沿いの道に出た。しばらく歩くと、湾から徐々に日が昇るのが見えた。

もう夏を思わせるほど光が強く、霊海は道端に立って、しばらくの間駿河湾に顔を向けていた。広大な湾の水平線上に真っ赤に燃えた太陽が、その全容を現した。その神々しさに霊海は思わず手を合わせた。

この日、霊海は二十歳になった。

湾に昇る旭日は、霊海の新たな人生の幕開けを予感させるようだった。

「早く月船和尚の元へ行こう」

霊海は、そう呟くと、駿河湾に沿って道を急いだ。


月船禅慧は武蔵国保土ヶ谷の永田にある宝林寺にいた。

月船は磐城国田村郡（今の福島県田村郡）に生まれ、三春藩の菩提寺である高乾院で得度したのち全国を行脚した。その間、応燈関の流れを汲む古月禅材に師事し、厳しい修行を積んだのち宝林寺に移り東輝庵を開いた。ここで民衆に親しむ一方で、弟子を厳しく育てたことで全国にその名を知られた。

駿河から武蔵国はさほど遠くは無い。途中箱根の峠を越えなければならなかったが、期待に胸を膨らませていた霊海にとって、なんら苦にならなかった。そして、小田原に出ると、相模湾を右に見ながらひたすら鎌倉の方向を目指した。

駿河から一日余りで藤沢宿に着いた。ここで南に下れば鎌倉は近い。鎌倉五山を見てみたい気持ちもあったが、早く月船の元に参じたい気持ちが勝った。彼は、そのまま東海道を行き、賑やかな戸塚宿を素通りして夕方保土ヶ谷へ着いた。

宝林寺は東海道を少し外れた永田の山の中にあった。本堂と庫裡があるだけの質素な構えで、どこにでもある禅寺であった。

ちょうど晩課の時間であったので、霊海は庭に立って終わるのを待った。

庭は狭く、そこからでも堂内の様子は手に取るように見えた。本堂の中は僧侶で一杯であった。霊海は寺の大きさに比べて僧侶の数がかなり多いのを見て驚いた。実際、全国から月船の元に参じる雲水は後を絶たず、寺は満杯の状況だった。

晩課が終わってから、堂内へ案内された霊海は中が大勢の雲水で込み合っているのを目の当たりに見て、はたしてこの寺に自分を受け入れる余地があるのだろうかと不安になった。

霊海は旅姿のまま隠寮に通され、月船の前にひれ伏した。月船の顔をまっすぐに見る余裕は無かった。しかし、いままでに見たことが無いほどの鋭い眼光を感じた。

「いずこから参られた?」

月船の声には重みがあった。

「四国の伊予宇和島から参りました。妙心寺派末寺の法寶山佛海寺にて得度いたしまして、四年前に諸国行脚に出て参りました」

「ほう。諸国行脚とな。いずこに参られたかな?」

霊海は九州に渡ってから山陽道を通って京都に着き、京都にしばらく滞在したのち駿河を経て山上した経緯を述べた。とくに京都では妙心寺に永く逗留し、天龍寺などの大伽藍を見て廻ったこと、比叡山に上って延暦寺に詣でたこと、駿河で白隠禅師に参じたことなどを少し詳しく申し述べた。すると、

「わしは天龍寺も延暦寺も知らぬ。白隠も知らぬ」

と強い口調で言われたので、霊海は戸惑った。

霊海が少し自慢気に言ったのが慢心と思われたのであろう。霊海は月船が気分を害したのではないかと恐れて、深く頭を下げた。

「で、行脚は役に立ったか？」

「は、知見を広めるのに役立ちましてございます」

月船が間髪を容れずに言った。

「さような知見は要らぬ。つまらぬ知見は捨てよ」

厳しい口調だった。

霊海は、もしかすると、入山を断られるのではないかと心配になった。

「は、はあ！」

霊海は、一層ひれ伏した。

「ここでの修行は厳しいぞ。覚悟はあるか？」

「ありましてございまする！」

霊海は平伏したまま、声を限りに張り上げた。

月船は霊海が隠寮に響き渡るような大きな声を出したので、思わずにやっと笑った。彼はめったに笑うことが無かった。

「覚悟があるのじゃな。ならば拒まぬ」

月船はそう言うと鈴を鳴らして従者を呼んだ。そして、霊海を部屋に案内するように命じた。

「ありがとうございまする！」

霊海は低頭のまま、また響き渡るような大声で礼を言った。

月船はまたにやりと笑った。


庫裡の立て込みようは尋常では無かった。畳部屋はどこも僧侶がすし詰め状態で、新たに入る余地がなかった。霊海は廊下に寝るように言われたので驚いた。しかし、不平などが許されるような状況では無かった。

霊海は案内の僧侶に、ずっとこのような有様なのかと訊いた。すると、

「すぐに減るよ」

その僧侶は何事も無いようにそう言った。

霊海にはその意味が分からなかった。

その夜は雨模様だった。その雨は解定の頃には雷を伴うようになって、外の暗闇がときおり怪しく光った。

霊海が指定された廊下の片隅に布団一枚を敷く場所を見つけて寝ようとしたときだった。振鈴が鳴ると雲水たちが一斉に跳ね起きて、部屋から外へ飛び出した。外はどしゃ降りの大雨である。霊海は唖然としながら、雲水たちの後を追った。雲水たちが向かったのは裏山の広大な斜面に広がる墓地であった。真っ暗な墓地は稲妻が光るたびに怪しく墓石を照らし出した。雲水たちはどしゃ降りの雨にずぶ濡れになりながら、墓石と墓石の間に坐り、めいめいに坐禅を始めた。霊海はこうした激しい雨の中で坐禅を組んだことはなく、度肝を抜かれる思いだった。が、彼らと同じように土の上に座った。土はもはや大量の雨を含んで泥の海のようになっていた。雨はますます激しくなり、山頂に雷が落ちる音が耳をつんざいた。霊海は顔がびしょびしょになり、やがて体全体が股の中までぐしょぐしょになった。尻の下の土は墓の間を流れてくる大量の泥水でぐちゃぐちゃになり、結跏趺坐《けっかふざ》をしている尻と太腿が泥水でぬめった。霊海はこんなどしゃ降りの中で坐禅をすることがあろうとは考えたこともなかった。しかも、激しい稲妻の轟音と目もくらむような閃光の中なのだ。まるで地獄の阿鼻叫喚《あびきょうかん》の中で坐禅をしているようだと思った。

やがて雷鳴は徐々に収まり、雨も上がった。しかし、雲水たちは立ち上がる気配も無かった。霊海は尻の下のぬるぬるした泥土が気持ち悪く、早く立ち上がりたかった。時間が長く感じられた。

深夜になった。一人ふたりと立ち上がる者があった。霊海はしばらく様子を窺っていたが、多くの者が立ち上がると同じように立ち上がった。そして、叉手をして坂道を寺へと戻った。着物は上半身は体温で乾いたものの、下半身は濡れたままで、しかも泥土が尻から裾へと張り付いていて、泥の着物を腰に巻いているようだった。雲水たちは庭で着物を脱ぎ棄て、順々に井戸から汲んだ水で身体を洗った。そして、素っ裸のまま庫裡の寝場所に戻って新しい着物を纏《まと》って寝た。霊海もまたそうした。

翌朝は快晴であった。朝課が終わると雲水たちは昨夜汚れて脱ぎ捨てた着物を井戸端で一斉に洗った。

霊海は洗濯の間、横に昨晩話しかけた僧侶がいたので、また話しかけた。

「いつもこのようであるのか？」

霊海は、これがここでの当たり前の修行であろうかと不安に思った。

「和尚様は何をされるか分からん。いつも前触れも無く命じられる。われわれに考える余裕を与えられない」

「考える余裕を与えられない？」

「そうじゃ。そのとき、その場で考えろとおっしゃる。一瞬、一瞬が禅であると。どのような場合であってもじゃ」

「しかし、……」

霊海は、このようなことが繰り返されたのでは身体が持たないと思った。

「このようなことがいつでもあるということか？」

「あるともいえるし、ないともいえる。和尚様が何をなさるかわしらには予測不能じゃ」

霊海は途方に暮れる思いだった。

この僧侶は、名を物先海旭《もっせんかいぎょく》と言った。彼はその後東輝庵で十余年を過ごしたのちに相馬藩（今の福島県）で藩士の教学に携わった。そして、月船亡き後の東輝庵を継いだ。月船が最も信頼していた僧侶のひとりであった。

霊海は物先と気安くなって、色々と話を聞いた。

聞けば、十八歳で月船に師事し、もう七年も居るという。

「わしが入山したときは、もっと雲水が多く、わしは軒下で寝させられた」

「軒下？」

「そうじゃ。典座のたたきに寝る者もおったよ」

霊海は信じられない気持ちだった。

「それでは冬になれば身体を壊す者も出よう。ここは冬は寒そうじゃ」

実際、永田は山の中にあって冬は寒かった。

「おう、ここは雪も降ることがあるでの。死人が出たこともあるそうじゃ」

「死人！」

霊海は驚いて首をすくめた。

「しかし、そう滅多にあることではない。寒くなると必ず一人ふたりと下山してゆく。今はまだ寒くないから、こうして大勢いるのだ」

物先が霊海に、「すぐに減るよ」と言ったのは、こういうことだったのだ。霊海はいつまでも廊下ではなく、寒くなれば修行僧が減って畳部屋に入れるらしいことが分かって少し安心した。


しかし、まもなく東輝庵で初めての冬を迎えようとしていた。大分寒くなってきたが、まだ大勢の雲水がいて、霊海は相変わらず廊下の隅で寝起きしていた。寒い夜は眠れぬこともあって、冬が越せるだろうかと心配していた。

ある寒い朝のことだった。朝と言ってもまだ開静の時間には大分あり、外は真っ暗だった。突然鳴った振鈴の音で雲水たちが一斉に飛び起きた。

すぐに遠鉢《えんぱつ》に出るという。たちまち五、六名の班が七班ほど編成され、それぞれに先導役として引手《ひきて》が付いた。霊海は物先の班だった。

霊海が物先に行く先を訊くと、相模国の西外れの山中に小さな村があり、そこに熱心な在家信者の家が十軒ばかりある。全員でそこを目指すのだという。

「七、八里はあろうな」

七、八里なら急いでも片道だけで優に半日はかかる。往復となれば夕方までに帰れるかどうかという大遠鉢《おおえんぱつ》だった。

今日は托鉢があるということで昨夜のうちに大量の握り飯を用意したが、その多さから遠鉢であろうと予想された。しかし、これほどの遠さとは誰も予想しなかった。しかも、一か所に集中するというのは聞いたことが無い。通常、近鉢組、中鉢組、遠鉢組と班を分けてするので、一か所に集中することはない。しかも、村には十軒ほどしか家が無いというのだ。全員にお布施が回るはずが無かった。

「われわれを競い合わせるということか？」

早く到着した班はお布施にありつけるが、遅ければありつけないことになる。霊海は和尚がお互いを競い合わせる積りなのだろうと思った。

物先は七年居てその村には一度しか行ったことが無いという。ほかの班の引手も同様だろうという。そうなると無事に行って戻って来られるのかも定かでは無かった。

四十名を超える雲水の一行が暗い東海道を一列となって戸塚へと雁行《がんこう》し、戸塚から西へと街道を取った。大和から藤沢宿に抜ける街道を横切る辺りまでは一糸乱れぬ隊列であったが、相模川を渡る頃には班と班の間が大きく空いて乱れた。

行く先に見える山々が近づいて村までもう少しというところで先頭を歩いていた物先の班が

遅れだした。それまで物先と霊海の健脚で班を率いてきたが、中に足を引きずる僧が出て歩く速度が鈍った。そして、村に着くころには次々に抜かれて三番手となった。

物先が記憶をたどって山中の家を探しているうちにも、前の班の僧たちが次々と山を下りて来た。そして、お布施で膨れた頭陀袋《ずたぶくろ》を得意げにぶら下げて横を通り過ぎて行った。

物先は頭を抱えた。

「これではお布施はいただけない」

信者は十軒ほどしかないというのだから、前の二班ですでにお布施は尽きてしまっただろう。あとから次々と行ったのでは、いくら信者でも迷惑だ。

物先は迷っていた。このまま進む意味があるのだろうかと。

すかさず霊海が提案した。

「喜捨に対して薪でも作って報いるのはどうだろうか？　功徳になろうよ」

通常、お布施は喜捨とも言ってお布施する者が自らのために行うもので功徳である。だから僧侶はお布施を受けても礼は言わない。霊海もそれを功徳と言って礼とは言わなかった。つまりお布施の逆で、僧侶自らの功徳のために薪を作って信者に報いるということを提案したのだ。

「良い考えじゃな。ここで何もせずに帰ったのでは和尚様にしかられよう。百姓には薪はいくらあっても困るまい。わしが皆を山の中に先導するので、霊海はあとから来る者たちに伝達せよ」

物先は霊海の提案を受け入れると先頭に立って山の中へ入って行った。それを雲水たちが追った。霊海はその場に残って遅れて来た者たちに、山に入るように指示した。全員が山に入ったところで、霊海も後を追った。

こうして物先と霊海が音頭を取って、山から大量の倒木や枯れ枝を村へと下ろした。そして、村で鋸と斧とを借りて、薪の山を作った。それを信者の家に一軒ずつ運んで庭先に積んだ。彼らが喜んだのは言うまでもない。

物先らはこうした作業をしていたので、永田に戻り着いたのはもう深夜だった。首尾よく先にお布施を頂いて戻った二班の僧侶たちはすでにすやすやと眠りについていた。

翌朝、朝課のあとで月船は雲水を本堂に集めた。昨日の大遠鉢の報告を物先らから受けた月船は、お布施を受けて先に戻ってきた二班の雲水たちを激しく叱責した。

「お前らは自らのことしか考えない大馬鹿者どもだ！」

月船は顔に怒りを露わにした。

それに対して、物先と霊海を誉めた。

「何事も臨機ということを考えるのが禅の本質である。お布施を集めるばかりが托鉢の意義とは限らぬ」

このことがあって、けん責を受けた先頭の二班のうち何人かが畳部屋を追い出され、代わりに霊海らが部屋に入ることを許された。霊海はこれで寒い冬が凌げると喜んだ。

師走に入って、永田の山は一段と冷え込んだ。この時期、十二月一日からの七日間は禅寺にとっては特別なときである。

釈迦が菩提樹の下で七日間の坐禅ののち悟ったのがこの期間とされており、禅寺では特別な修行が行われる。臘八大摂心《ろうはつおおぜっしん》である。

この間は、朝晩のお勤めと食事以外は、東司と経行《きんひん》と言って、堂内を歩くことが許されるだけで日夜坐禅の修行に明け暮れる。眠ることは一切許されない。一年で最も厳しい修行の期間だ。

もっとも、これは寺によってもやり方が異なる。眠ることが許されぬと言っても、実際に夜通し眠らずに坐禅するのは七日目の夜だけで、あとは短時間とはいえ眠れるという寺もあるらしい。

しかし、月船は違った。七日間ぶっ通しで眠らせないのである。霊海はこれほど厳しい大摂心というものは初めての経験だった。

しかも、月船はこれを修行とは言わない。「禅では当たり前のこと。日常のひとつ」と言った。「お釈迦様に戻るのだ」とも言った。霊海は、佛海寺で霊印が「禅はお釈迦様に戻る運動だ」と言ったのを思い出した。

また月船は、「教えで禅は分からぬ」と言った。霊海は、霊印が同様のことを言っていたことも思い出した。月船と霊印に通じるものが多いことを知って、霊海は驚いた。

大摂心がはじまると、古参の雲水でも相当に緊張する。七日間眠らぬというのは生命にも関わるからだ。気が緩めば坐禅の途中でも倒れる。眠気で身体が少しでも傾けば、容赦なく警策で打たれる。眠気を催すと経行は許されるから立ち上がって堂内を歩くことは出来る。しかし、疲労の極致で歩くのは危険だ。よろよろと立ったものの数歩歩いて倒れる者がある。こういう者はしばらく庫裡で休ませたあとで下山が命じられた。

霊海は絶対に下山したくなかった。だから地獄を耐え抜いた。この大摂心で山を下ろされた者は十名を超えた。

月船の元では、激しい雨中の夜座や、雨や雪の中での托鉢は当たり前だった。日常は坐禅三昧でひたすら坐ることを繰り返した。

月船は提唱も公案も好まなかった。空疎な教えや議論を嫌っていたからであろう。しかし、独参はよくやった。隠寮に雲水を呼んで向かい合うのだ。独参は師匠の禅師によってやり方が様々に異なる。臨済宗では独参者に公案を課すことが多いが、公案を好まなかった月船は様々な方法で独参者の覚悟を問うた。あるときは禅に対する覚悟であり、あるときは仏道に対する覚悟であった。覚悟が希薄であると容赦なく下山させられた。だから、独参ともなると雲水は相当に緊張した。

こうして、霊海の東輝庵での生活はあっという間に過ぎた。

五年が経った。霊海は二十五歳になった。この年、東輝庵は異彩を放つ雲水を迎えた。仙厓《せんがい》義梵《ぎぼん》である。のちに古月派の画家として活躍した僧である。霊海より五歳年下であったが、暇があれば水墨画を描いており、その力量は誰もが認めていた。

霊海は絵心があったが、水墨画を学んだことは無かった。機会に恵まれなかったからだ。霊海は仙厓が巧みに描くのを見ては羨ましがった。

あるとき仙厓は使わなくなった筆を霊海に与えた。霊海の気持ちが分かったからであろう。霊海は、仙厓を見様見真似で紙の上で筆を動かした。達磨の顔だった。仙厓は、その絵を見て感心した。けっして上手では無かったが、特徴をよく捉えていて、いかにも達磨然としていたからだ。

ある夜のことだった。寝る前の一時を霊海は自室で仙厓らと一緒になって筆を動かしていた。霊海の絵が出来上がると、仙厓が覗いて笑った。

「いかにもそっくりじゃな」

すると、ほかの雲水も、どれどれと言いながら覗きにやってきて霊海の周りに人だかりができた。中には、「似すぎておる」と腹を抱えて笑う者もあって、大盛り上がりであった。

ところが、月船がその騒ぎを聞きつけたのであろうか、隠寮から暗い廊下を歩いて出て来た。月船の姿をいち早く見つけた僧侶が、ほかの雲水たちに静まるようにと指示を出した。雲水たちはただちにその場に正座し、月船が廊下を通り過ぎるのを待った。霊海は慌てて絵を伏せた。それは半紙の上に描いた月船の似顔絵だった。細い目が吊り上がって描かれ、いかにも月船の厳しさが強調されたものだった。

月船は一度何事も無かったかのように部屋の前を通り過ぎた。霊海はほっとした。そのときだった。月船は何事かを思い出したように振り向くと、再び、雲水らの部屋に戻ってきた。そして、

「何を騒いでおった？　賑やかであったの」

と訊いた。

誰も答えなかった。

霊海は誰も答えないのでは月船を怒らせるかもしれないと恐れた。

「わたしが下手な絵を描いておりましたので、皆が笑っておりました」

と苦し紛れに答えた。

「ほう？　下手な絵とな？　どういう絵じゃ？」

霊海はまずいことを言ったと後悔した。

雲水の間に一遍に緊張が走った。

誰もが月船がその絵を見たら激高するであろうと予想したからだ。

「どういう絵じゃ？　見せられないのか？」

月船は不機嫌そうに言った。

霊海は観念して、半紙に描いた絵を目の前の畳の上に差し出すと、平伏した。

月船は廊下から部屋に入ると、霊海の前に置かれた水墨画に目を落とした。

雲水たちは月船の様子を息を殺しながら見ていた。

雲水の誰もが、月船が怒り狂うであろうと想像した。

ところが、月船はにやりと笑って、その絵を手に取ると、

「これは貰っておく」

とだけ言った。そして、その絵を持って部屋を出て行った。

霊海は何も無かったことが不思議だった。ただ茫然として顔を上げた。

雲水たちも月船の不可解な行動を訝りながら、その後ろ姿を見送った。

月船は、その後、霊海が描いた自画像を掛け軸にして、隠寮の壁に掛けた。それは後日に独参した雲水が目にしたことから、雲水らの間で評判となった。

「和尚様があの絵を気に入られたということであろうな」

「しかし、あれはちと描き方が激し過ぎると思うな。あれでは和尚様がお気の毒じゃ。気分を害すると思うがな」

「じゃが、気に入られなければわざわざ飾ることもあるまい」

「そうさ、霊海は和尚様に気に入られているからな。そうでなければ、飾るまいぞ」

「そうじゃ。霊海が描いたので喜ばれたのじゃろ」

いつの間にか、月船の霊海贔屓《ひいき》へと話が反れた。

実際、月船は霊海を高く評価しており、しばしば「霊海を見習え」と雲水たちを叱ることがあった。雲水を褒めることがめったに無い月船にしては珍しいことだった。

霊海はただ月船の指示に従っているばかりで、自分は特別なことはしていないと思っていたから、和尚の評価は意外であった。

四

月船が霊海を高く評価していたことは東輝庵の外で、意外な展開をもたらした。

月船の元へ円覚寺佛日庵塔主の東山周朝が霊海を欲しいと言ってきたのだ。霊海を円覚寺僧堂の指導者として招聘《しょうへい》したいと言う。僧堂の指導者は今日では直日《じきじつ》と言って、経験を積んだ僧侶の中でも特に優れた者に委ねられる役柄である。当時は僧堂掛と呼ばれていた。月船はこの招聘に驚いた。

周朝が住持していた佛日庵は円覚寺の塔頭の一つであったが、開基の北条時宗を祀る寺院として塔頭の中でも特別な存在であった。そして、その住職である周朝は円覚寺を代表する老師であった。

円覚寺は言うまでも無く、日本を代表する禅寺であった。その存在は際立っていた。しかし、それも時代の変遷とともに徐々にその威光を失い、その頃はすっかりさびれて衰退していた。寺は度重なる火災や天災で多くの建物を失っていたが、その再築すら出来なかった。円覚寺の衰退は、当時の日本における禅の衰退をも意味していた。

周朝は衰退を嘆いていた。そして、まず何よりも修行の場である僧堂を立て直さねばならないと思っていたが、自らの力では立て直すことが出来ない無力感に囚われていた。月船和尚の評判は当然周朝の耳にも入っており、円覚寺を立て直すのに月船の力が借りられないかと考えていた。

この当時、周朝は東輝庵で修行したことがある実際法如《じっさいほうにょ》を住職が途絶えていた続燈庵の塔主に迎えた。地方の名も無い末寺で出家した法如にしてみれば、破格の出世であった。

周朝は法如を佛日庵に何度も呼んだ。そして、月船のことと東輝庵での修行の内容などについて事細かく聞いた。聞けば聞くほど周朝は月船に頼む以外に円覚寺の再興は無いと確信した。周朝は法如に正直に相談した。東輝庵に円覚寺の僧堂を任せられるような優秀な僧侶はいないかと。

法如は周朝が自分を塔主に迎え、たびたび東輝庵のことを訊く意図を見抜いていた。法如も円覚寺僧堂の衰退ぶりは知っており、円覚寺の将来を危ぶんでいた一人だった。

周朝に相談された法如はいの一番に霊海の名を挙げた。法如にしてみれば、霊海は五歳ほど年下で、東輝庵でも三年ほど後輩に当たったが、月船が高く評価していることは知っていた。そして、霊海以上に優れた人材はいないと思っていたのだ。

月船は最初円覚寺の使者からこの話を聞いたとき、断った。霊海はまだ未熟で、その任には耐えられないというのが、断った理由だった。しかし、周朝は諦めなかった。霊海が適任であることを確信していたのだ。そして自ら永田の東輝庵を訪れ、月船に頭を下げた。そこまでされて月船は断れなかった。

月船は霊海を将来は自分の後継者にする積りでいたであろう。その彼を失うことは月船にとって痛手だったに違いない。

周朝は霊海を迎え将来は僧堂前版職として円覚寺を再建してもらいたいのだと言った。僧堂前版職というのは、今日でいう師家《しけ》のことである。師家というのは、僧侶育成の最高責任者で大本山の中核である。寺の将来はすべて師家の力量に掛かっていると言っても過言では無い。円覚寺の師家ともなれば大出世だ。月船としても弟子の出世を喜ばないはずがない。

しかし、霊海は臨済宗妙心寺派の僧侶だ。円覚寺は同じ臨済宗でも円覚寺派の大本山であるから霊海は転派しなければならなかった。転派には受業寺《じゅごうじ》である佛海寺の承諾が必要だった。

周朝の動きは速かった。月船が内諾すると、ただちに法如を宇和島の佛海寺に派遣した。佛海寺の承諾を得るためだ。その頃まだ健在だった霊印は、弟子の破格の出世の話を聞いて大変喜んだ。そして、一も二も無く転派を承諾した。

法如はただちに鎌倉に戻り、周朝に霊印の承諾を得たことを報告した。周朝が安堵したことは言うまでもない。周朝は再び法如を月船の元に送り、霊海を三顧の礼をもって譲り受けることとなった。

転派の手続きが済むと、月船は霊海を隠寮に呼んだ。

霊海はこの頃めったに月船の部屋に呼ばれることは無く、久々に独参を求められたのだと思って緊張した。

部屋の中の月船はいつもの厳しい月船では無く、少し寂し気であった。そして、壁に掛けていた霊海の絵を見ながら静かに言った。

「この絵がお前の置き土産となった」

その言葉の意味が分からなかった霊海は、

「は？」

と訊き返した。

月船はこれまでのいきさつを霊海に話した。

霊海はあまりに突然のことで狼狽した。自分の知らぬところで大事なことが決められていたことにも驚いた。

「しかし、私には荷が重いことにございます。円覚寺の立て直しなど私には到底できません」

霊海は東輝庵を離れるのは嫌だった。自分はまだ修行が足りないとも思っていた。霊海は、畳に額を擦り付けて断った。

「霊海、これも修行ぞ。並みの僧侶では耐えられない修行かもしれぬ。しかし、お前なら出来るとわしは思うておる。それでも嫌だということなら、この東輝庵に置いておくことはできない。すでにお前はここの者では無いのだ」

霊海はそう言われては、受けるほかは無かった。

「ははっ」

と言って、また、頭を下げた。

霊海は翌日には荷物をまとめると月船に下山の挨拶をして、鎌倉に向かった。霊海二十七歳のときだった。

永田から鎌倉まで半日あれば行けたから、いつでも行ける距離だったが、霊海は行ったことがなかった。もちろん円覚寺も初めてだ。

霊海は北鎌倉の山々に囲まれた中に佇む巨大な伽藍の前に立って、改めてその歴史の重みを感じた。

臨済宗の開祖である栄西は中国から禅を持ち帰って京都に建仁寺を建立した。しかし、禅宗は天台宗や真言宗の激しい弾圧に遭って、とうとう鎌倉に逃れた。そして、この地で興隆した。

時の権力者で事実上の将軍であった北条時頼は禅に惹かれ、わざわざ宋の禅僧であった蘭渓《らんけい》道隆《どうりゅう》を招いた。そして、この鎌倉の地に建長寺を建て、蘭渓を開山とした。時頼の子、時宗は父親にも増して禅に傾倒し、やはり宋から無学祖元《むがくそげん》を招いて、円覚寺を建立した。弘安五年（一二八二）のことである。その後、第三位の寿福寺、第四位の浄智寺、第五位の浄妙寺が建立されて鎌倉五山となった。

以来、円覚寺を始めとする鎌倉五山の禅は日本の禅宗草創期における興隆を担ってきた。しかし、鎌倉幕府の消滅と北条氏の没落によって、その後ろ盾を失い衰退を始めた。鎌倉から室町に時代が遷って、禅宗はその隆盛を京都に移した。しかし、それもやがて江戸幕府に世が代わって衰退した。円覚寺は時代の変遷とともにもはや往年の輝きを失っていた。

霊海が今立っている、その場所に往時は立派な山門があったはずだった。その山門も焼け落ちて今は無く、大きな礎石が残骸として残っているばかりであった。

霊海は、まさか自分がのちにその山門を再興することになるとは、このときは夢想だにしなかったであろう。ただ、言うに言われぬ重圧を肩に感じるばかりであった。

霊海は山門跡からなだらかな坂道を登って佛日庵に向かった。

佛日庵で待っていた周朝は霊海の顔を見て、安心した。そして、さっそく霊海を伴って大方丈に千岩是鈞《せんがんぜきん》を訪れた。是鈞は円覚寺住職で円覚寺派の最高位にあった。現在の円覚寺派管長に当たる。その後、周朝と霊海は境内に散らばっていた塔頭を回って塔主たちに挨拶した。このとき、霊海は続燈庵の法如にも挨拶した。霊海はもちろん東輝庵の先輩僧であった法如を知っていた。しかし、法如が今回の転派のことに深く関わっていたことを周朝から初めて聞いて驚いた。

法如は、

「何かあれば遠慮なく相談されよ」

と霊海に優しく言った。

霊海は法如の言葉を聞いて少し気が楽になった。

霊海は周朝の案内で正続院に向かい、昨年移築が終わったばかりの僧堂に案内された。この建物は、建長寺の末寺で鎌倉五山第五位の浄妙寺にあった古仏殿を譲り受けたものだった。正続院には仏舎利を収める舎利殿があり、僧堂は、それをお護りするかのようにその横に移築された。

僧堂には「正法眼堂」と書かれた扁額が掲げられていた。正法眼堂というのは、開山の無学祖元が当時の禅堂に付けた名前と同じだった。だから外形は立派な僧堂の建物であった。内部には両側二面の窓際に整然と単が切られて並んでいた。単というのは畳一枚敷いたもので、雲水はここで日常の起居の全てを行うことになっていた。単は一面がそれぞれ十二と十三あり、二面で二十五あった。つまり、二十五名の雲水が、ここで生活できることになる。ところが、その内部を覗いた霊海は違和感を覚えた。修行の匂いが感じられなかったのだ。そこには雲水たちの独特の汗の匂いが無かった。聞くと、ここには数人の雲水が交代で寝泊まりしているが、それも舎利殿を日夜お護りするためで修行のためではないという。

周朝の説明では、正続院には以前客殿があったが、焼け落ちて、今は広い庭になっていた。ここに将来客殿を再建して、典座、食堂、浴司などを完備して僧堂を雲水らの修行の場にする予定なのだという。しかし、寺には金が無くいつになるかは分からないとも言った。

「では雲水らはどこで修行をしておるのですか？」

「昼間は僧堂に集め、夜はそれぞれの塔頭に戻っておる」

「それでは修行とは言えませんな」

霊海は周朝の顔を横目に睨むようにして見て言った。そして、

「雲水たちを、ここに住まわせていただけませんか？　四六時中が修行でなければ、修行とは言えません」

霊海が、そう言うと、周朝は、

「それは無理じゃな。なにしろここには典座も浴司も無いでの」

と言って、首を振った。

しかし、霊海は諦めなかった。

「今日から、そうしていただきたい。これは絶対に譲れません」

と強く言った。

周朝は、そこに霊海の並々ならぬ覚悟と意気込みを感じた。そして、霊海を見込んだことに誤りは無かったと思った。出来る限り霊海の意に添うようにしたいとも思った。

しかし、実際問題としてここで生活することは無理だった。周朝は困り果てた。

霊海は、

「食事と風呂と東司だけは塔頭に戻るのを許しましょう。しかし、それ以外は駄目です」

と言った。霊海にしてみればぎりぎりの譲歩だった。

周朝はそれならば、可能だと思った。そして、雲水たちに布団と身の回りの物を僧堂に運ぶように命じた。

霊海も一度佛日庵に置いた荷物を僧堂に移し、布団を借りた。


それぞれの塔頭にいた雲水たちは晩課が終わると、ただちに僧堂に集められた。

雲水は十人とおらず、最年長の恵山《えさん》は二十年以上もいて、すでに四十に近い歳であった。霊海よりも若いのは新到の宗外《そうがい》ひとりで二十三歳であったが、それでももう五年もいるという。いかにここが不人気で入山が少ないかが分かる。何人追い出しても、なお畳部屋に入れない雲水がいる東輝庵とは比べようもないほどの落ちぶれようであった。

雲水たちは突然僧堂で生活するように命じられたので困惑の表情を浮かべていた。そして、新しく来た若い指導者の霊海を興味津々という表情で見ていた。

最年長の恵山にしてみれば、霊海はただの若造にしか見えなかったに違いない。それが、禅を指導するというのだから、驚いていた。

霊海は僧堂の中でまず正面の文殊菩薩に三拝したのち、菩薩の左側の単の端に一人坐った。雲水たちは、すでに菩薩の右側の単に、恵山を先頭にして九人がずらりと並んでいた。霊海と雲水たちは菩薩を挟んで向かい合う形になった。霊海は結跏趺坐《けっかふざ》を組んでから法衣の裾を正し、おもむろに線香に火を点けた。それから一度、雲水たちの顔を右端の恵山から左端の宗外までじろりと見てから柝木《たく》を両手に取った。まず柝木を二回打ってから、柝木を引磬に持ち替えた。そして、引磬を鳴らした。引磬は一回打ってから、余韻が収まるまでゆっくりと間《ま》を置いて二回目を打つ。それを四回繰り返した。これが一炷目の始まりの合図だった。

堂の中は水を打ったように静まり返った。咳ひとつする者はいない。静寂が堂全体を支配し、線香だけが音も無く煙を燻《くゆ》らしている。その煙だけが、ゆっくりとした時間の流れを告げている。やがて線香は時の経過の終わりを告げるかのように徐々に力を失って、火が消え煙も尽きた。

霊海は線香が燃え尽きたのを確認すると、引磬を一回鳴らし、柝木を二回打った。雲水たちが、一斉に合掌して一炷が終わる。ここで二炷目の開始まで抽解《ちゅうかい》と言って、しばらく休息が入る。

この頃は、すでに夏も終わり秋に入っていた。二炷目が始まる頃には、もうすっかり日も落ち、堂の中の灯りは文殊菩薩を照らす灯明の蠟燭が二本燃えているばかりだった。

霊海は二炷目の合図の柝木を打ち、引磬を鳴らした。

再び堂内を静粛が包んだ。

二炷目になると、霊海は立ち上がった。文殊菩薩の前に行って合掌すると、三尺（約九十センチ）の警策を手に取って、それを肩に担いだ。そして、雲水らが坐っている単の上手に立つと、おもむろに雲水たちの前を下手に向かって静かに歩み始めた。

しかし、一、二歩足を運んだだけで突然歩みを止めた。一番上手に坐っていた最古参の恵山の前だった。恵山は目の前に霊海の気配を感じて、法界定印《ほっかいじょういん》を解き、合掌しようとした。警策で打たれることを覚悟したのだ。

法界定印というのは、結跏趺坐した両足の上の、ちょうど腹部の丹田のところに両手を円形にして置く姿勢を言う。円形は正確には卵型の楕円形になるのだが、東輝庵の月船はこの形が乱れるのを心の乱れとして最も嫌っていた。

恵山がその法界定印をまさに解こうとしていたときだった。霊海は警策で恵山の両手を激しく打った。警策は肩を打つもので、手を打つことは無い。驚いた恵山は目をぎろりと開き、霊海を上目遣いに睨んだ。文殊菩薩の灯明の灯りが恵山の睨んだ目を怪しく照らし出した。その途端、霊海は警策で恵山の左横面を思いっきり張った。恵山はその勢いで、右隣の雲水の体に倒れ込むほど張り飛ばされた。

恵山は倒れた体を立て直すと、何事も無かったかのように顔色ひとつ変えることなく坐りなおした。雲水は指導者である僧堂掛のいかなる仕打ちにも逆らうことは許されない。僧堂掛は堂内では絶対的存在だった。

恵山は姿勢を正すと、霊海に向かって合掌してから一礼した。そして、深々と上半身を前に倒すと、すかさず霊海の警策が恵山の両肩を激しく叩いた。パ、パーン、パ、パーンと乾いた音が左右の肩に二度ずつ計四回ほど、静まった堂内に響き渡った。雲水の誰もが聞いたことがないほどの大きな音だった。

恵山は警策で打たれてから上半身を起こし、霊海に合掌してから、法界定印を結び直した。手を打たれたことで自ら法界定印の乱れを認識したのであろう。こんどは綺麗な卵型に整えた。霊海はそれを確かめると警策を両手で顔の前に水平に掲げて一礼した。

雲水たちは今まで見たことが無い霊海の激しい指導を見て、堂内に一遍に緊張が走った。雲水たちは皆背筋を伸ばし、顎を引いて法界定印の形を整えた。

しかし、霊海の目には、それでも姿勢の甘さが映った。

そして、全員の肩を激しく警策で打った。警策が折れるかというほどの激しさであった。こうしたことはどの雲水もいままで経験したことが無かった。

坐禅が終わると、茶礼になった。お茶が全員に振る舞われ、解定前のほっとするひと時だが、この日ばかりは雲水の誰もが緊張を解くことが出来なかった。

雲水たちも、周朝から新しい指導者が来るとは聞いていたが、これほど厳しいとは想像していなかった。お茶を啜りながら、霊海の顔をちらちらと見てはいたが誰もが霊海と目を合わせるのを避けた。

茶礼が終わってから、解定前はしばらくの間自由時間になる。それぞれに自分の単で書を読む者、手紙を書く者など、思い思いに時間を過ごす。

霊海は荷物の中から書物を取り出し、それを蠟燭の灯りで読んでいた。

雲水たちの何人かは、霊海から最も遠い下手の単に固まってひそひそと談笑していた。最初は霊海に遠慮して小声で聞こえぬように話していたが、霊海が読書に集中して聞こえぬと見たのか、少しずつ声が大きくなった。


輪の中心は、最古参の恵山であった。霊海は、二十年もいるという恵山の坐禅に物足りないものを感じていた。新参は皆古参を手本として真似る。古参が悪ければ自然と新参も悪くなる。霊海は恵山が諸悪の根源と見ていた。だから、読書に集中しているふりをして、恵山の話を遠くから注意深く聞いていた。

霊海は彼らの会話の中に、半だ、丁だという言葉が頻繁に混じるのに驚いた。夜な夜などこかの塔頭で賭博を開帳しているらしい。修行中の雲水と言いながら、これまで夜は自由であったから、そうしたことも出来る時間があったのだ。しかし、賭博などは修行僧に限らず仏門にある者にはあるまじき行為だと思っていた霊海は、話を聞きながら怒りが込み上げてきた。

更に驚いたことに恵山は女の自慢話を若い雲水たちにしては笑っていた。どうやら鎌倉の花街に馴染みがいるらしい。しかも、夜中に寺を抜け出すことがあるらしく、朝帰りのことなども自慢していた。それは、およそ僧侶に相応しくない世俗の、しかもかなり下卑た話だった。霊海はその話を若い雲水たちも喜んで聞いている様子を見て暗澹たる思いになった。

やがて解定の時間となって、堂内の灯りが一斉に消され、雲水たちは布団に潜り込んだ。霊海は、恵山らが寺を抜け出すのではないかと心配になった。

雲水たちは眠りに落ちるのが早い。皆、一枚の幅広の布団を折りたたみ、その間に挟まるようにして寝ている。その布団の中から、寝息やら、鼾《いびき》やらがたちまち静かな僧堂に満ちた。

ところが、半時もしないうちに恵山が布団から身を起こした。そして、暗闇の中で周囲を窺うようにしながら、単を下りて、着物を一枚羽織った。それから、二人の雲水の布団の所に近づくと、揺するようにして起こした。彼らも布団を出ると、やはり着物を羽織って、恵山と一緒に僧堂を抜け出した。

総門は、この時間は当然閉じられている。しかも重い門が掛かっていて、簡単には開かない。夜間の出入りは、総門から少し離れたところにある通用門を使う。こちらは引き戸になっていて、内側に簡単な押さえがあるだけだから、簡単に出ることが出来た。押さえを外しておけば、帰って来たときも難なく入れる。

恵山と二人の雲水は、正続院から総門へと下る坂道を小声で忍び笑いをしながら急ぎ足で下っていた。

「あの若造、まさかわしらが抜け出しているとは気が付くまいな。今日は酷い目に遭った。憂さ晴らしじゃ。ハハハ」

恵山だった。

「ほんとうに。肩が凝りましたわ」

「おなごに優しく揉んでもらわんと堪りませんな」

二人の雲水も恵山に呼応するように言って、下卑た笑いをした。

三人は、いつものように通用門の前まで来た。すると、通用門の前に立ちふさがるように大きな人影があったので驚いた。それが誰であるかは暗闇の中では分からなかったが、大きな眼が月の光で光っているように見えた。

「どこに行く？」

三人は、その人影の声を聞いてぎょっとした。霊海の太い声であった。

三人は慌てて後ずさりした。

「こんな夜更けにどこに行くんだ！」

霊海が大きな声を出した。

「ちょっと東司まで」

恵山は全くの逃げ腰になって言った。

「東司なら寝る前に行ったであろう」と霊海が言った。

僧堂には東司が無く、雲水らは坐禅の合間や寝る前には必ず塔頭に戻って東司を済ませることになっていた。

「今夜は、少し寒いものですから、冷えまして。それで……」

恵山が白々しい言い訳を言った。

「ならば、こちらではあるまい。塔頭に戻って、さっさと済まされよ！」

霊海の太い声が三人を圧倒した。

「は、はい。申し訳ありません」

恵山はそう言うと、二人の雲水と後ずさりしてから、坂道を一目散に駆け上がって行った。

翌朝、恵山は今までになく神妙な面持ちで早朝の坐禅に向き合っていた。霊海に激しく打たれることを覚悟していたのだ。実際、恵山に対した霊海は、自身かつてないほどの渾身を込めて警策を振り下ろした。パア、パアアンと誰もが聞いたことがないほどの音が僧堂に響いたと思ったら、その瞬間に警策が折れた。雲水らが警策の折れるのを見るのは初めてだった。誰もが震え上がった。

霊海は文殊菩薩の台座の中から替わりの警策を取り出し、再び雲水らに向き合った。昨夜恵山に伴った二人の雲水は生きた心地がしなかったであろうが、しかし、暗闇が幸いして、霊海はその二人が誰であるかは分からなかった。だから、他の雲水らが恵山ほど苛烈に打たれることはなかったが、それでも昨日に増して激しく打たれた。

次の夜も、霊海は解定のあと、僧堂を抜け出して通用門の前にいた。あれだけ雲水らを激しく打てば、さすがにもう夜中に出る者は無いだろうと思ったが、念のため何日かはこうする積りだった。

霊海がしばらく立っていると、総門の外の石段を何人かの男たちが雑談をしながら上がってくる様子があった。

霊海が何だろうと訝《いぶか》って、通用門の中から外の様子を窺っていると、次々と男たちが門の前に集まってきた。声の数から十名はいると思われた。彼らが手に手に持っている提灯の灯りが、引き戸の隙間から差し込んで、通用門の中まで明るくなった。

霊海は何事かと思って、通用門の板戸を横に引いて、外に出た。

すると、

「あ、これは和尚様」

と、男たちの頭と思われる者が霊海に挨拶した。まだ、この寺に来たばかりの霊海を知っているはずは無いから、誰かほかの僧侶と勘違いしたか、儀礼的にそう言ったのだろう。

そして、

「今夜のご開帳はいずこでございましょうか？」

と訊いた。

「ご開帳？」

霊海はご開帳と聞いて面食らった。寺で、ご開帳と言えば、普段拝観させることが無い秘仏を特別な日に信徒たちの拝観に供することだ。しかし、まだ来たばかりで、そういう予定がこの寺にあるかどうかは知らなかった。しかし、こんな夜中に信徒が来るのは不自然だ。しかも、男たちの姿かたちは、やくざ者か遊び人にしか見えず、信徒どころか普通の庶民にも見えなかった。

霊海が、ただ男たちを見回しているだけであったから、頭と思われる男は霊海が事情を知らないのだと悟ったらしい。手に持っていた提灯を下に置くと、右手の壺に左手で骰子《さいころ》を入れて振るまねをしてから、あたかも盆のうえに臥せるような仕種をして、

「これでさあ」

と言った。その仕種が面白かったのか周りの男の何人かが笑った。

霊海は骰子賭博を実際に見たことは無かったが、その仕種を見て想像が付いた。そして、先日、恵山らが半だ、丁だと言っていたのを思い出した。

そこに、寺の坂道を一人の僧侶が提灯を提げて急ぎ足で下ってきた。どこかの塔頭の僧侶らしかったが、霊海には誰か分からなかった。その僧侶が、通用門を潜って外に出ると、男たち

が一斉に、

「あ、和尚様、お世話になりやす」

と言った。お互いに顔見知りらしい。

「お待たせしまして」

とその僧侶は男たちに詫びたが、目の前に霊海がいるのに気が付いた。そして、

「あっ！」

と驚きの声を上げて後ずさりした。

この僧侶は霊海を知っているらしかった。しかし、僧堂の雲水に知った顔はなかったから雲水でないことは明らかだった。この前、山内の塔頭を挨拶に廻ったときに、どこかで顔を合わせたのだろうと霊海は思った。

そして、この僧侶に、

「これは何事にございますか？」

と問うた。

僧侶は後ろめたいものがあったのだろう。返事に窮していた。

「賭事は仏道に違《たが》えましょうぞ。釈尊に何と申しあげる？」

霊海は凄みのある声でそう言うと、その僧侶の顔を睨みつけた。

男たちは、霊海が邪魔に入ったと思ったのであろう。

「なんでえ、このお坊さんは？」

「俺たちは毎月九が付く日にここに呼ばれているんだ。それを知らねえのか？」

「四の五の言わずに、中に入れてくれよ」

次々と、そう言った。

「なにをたわけたことをおっしゃる！　ここは仏道に励む者の聖域である。非道の者が来るところではないわ！」

と霊海が言い放った。

すると、

「非道の者だと？　人を呼んでおいて非道の者とはなんだ！」

と頭の男が大声を上げた。

ほかの男たちも、「そうだ、そうだ」と呼応した。

しかし、霊海は怯《ひる》まなかった。

そして、仁王立ちになった。

「黙れ！」

霊海はそう言って、拳を振り上げた。

「ここはお前らの来るところではないわ。とっとと失せろ！」

それは真っ暗な境内に轟《ひび》き渡るような大声であった。

その大声と言い、怒りを露わにした形相は、まさに山門を護る仁王様のようであった。

男たちは、その迫力に圧倒された。

そして、いつもとは違うと悟ったのであろう。

「ちぇ、面白くねえ」

「二度と来るか」

などと恨み言を言いながら、石段を下りて行った。石段を下りながらも、

「なんでえ、あの若造は？」

「くそ坊主！」

と口々に言って、憤懣やるかたなしという様子だった。

霊海は不逞の輩どもを追い払って通用門の中に戻った。さっきの僧侶はいつのまにか姿をくらましていた。

霊海は全く暗澹たる気持ちだった。僧堂に戻って、布団に入ったが、しばらくは眠れなかった。

その次の夜、僧堂は激しい雨に襲われた。

解定前から、山之内一帯の山々に雷が落ちる音が轟《とどろ》いていた。

霊海らは、締め切った雨戸の僅かな隙間から差し込んでくる稲妻の光と轟音を避けるように布団に深く潜り込んでいた。

霊海は東輝庵に上ったときの初日も雷雨に見舞われた。そのときのことは今でもはっきりと覚えていて、よくよく自分は雷雨に縁があると思った。東輝庵で雨の中で夜坐を組んだことは数知れずあったが、あのときほど凄い目に遭ったことは無かった。稲光が墓地を怪しく照らし、横殴りの大雨が土砂となって斜面を下った。阿鼻叫喚とはあのときのことを言うのだろうと霊海は思い出していた。そして、やがて寝付いた。

ところが、霊海は外の雷鳴と雨音に誘発されて夢を見ていた。彼は誰かと手を繋いで石がごろごろとした河原を歩いていた。幼い頃に安と宇和島城下へ向かう途中で歩いた岩松川の河原のようだった。隣にいたのは母の安らしい。川は降りしきる雨で徐々に水かさを増し、大きな石が上流からふたりを襲うように流れてくる。横にいたはずの母はいつの間にか居なくなった。上流から流れてくるのは石ばかりではない。いつの間にか石は大量の墓石に変わっていた。彼は夢の中で激しい濁流に飲まれ、多くの墓石と一緒に川を流されていた。誰も助ける者は無く、どこにも取り付ける場所が無かった。彼はあまりの恐ろしさに思わず大声を上げた。そして、布団を跳ね上げるようにして飛び起きた。すると、その様子を心配した雲水たちが目を覚ましていた。暗闇の中で時折光る稲妻の明りが霊海の姿をはっきりと映し出していた。

霊海は、暗い中で天井から雨が滝のようになって単の上に流れ落ちている音を聞いて驚愕した。特に霊海が一人で寝ていた単の列の中央部分の雨漏りが酷く、霊海の布団は水しぶきでぐしょぬれになっていた。

霊海は慌てて単を飛び降りると、文殊菩薩の前を走って恵山らが寝ていた単に向かい、単の間に僅かな隙間を見つけて逃げ込んだ。そこは恵山の横であった。雲水たちは、霊海の慌てようが面白かったのか、布団の中でしのび笑いをしていた。

翌朝、目が覚めると、堂内の床は水浸しであった。雲水たちは、昨夜の大雨はいつになく激しかったと言いあっていた。

朝は坐禅どころではなく、まずは床に溜まった水を掻きだし、雨で濡れた畳を外に出した。霊海の濡れた布団も外に出された。その日は、昨晩の雷雨が嘘のような快晴であった。

霊海は堂の裏に出て屋根を見た。すると、屋根のてっぺん付近の瓦屋根の上に畳一畳分の板がいかにも仮普請というように置かれていて雨を防いでいるのが見えた。霊海が一番若い宗外に訊くと、昨年の夏に落雷があって、穴が開いたという。昨夜の大雨がこの板囲いから浸透したことは間違いない。霊海は、板を置いたくらいでは雨が凌げるはずが無いと思った。実際、雨が降るたびに雨漏りがするのだと宗外が言った。

寺には屋根を修理する金も無いらしい。そこまでこの歴史ある禅寺は落ちぶれたのか。霊海は思わず天を仰いだ。庭では、雲水たちが総出で畳を外壁に立てかけ、布団を竿に吊るして日干ししている。これが由緒ある禅寺なのか？　これでも修行の場なのか？　霊海はまた暗澹たる思いに囚われていた。

その日の午後だった。いつもの茶礼の時間になったが、霊海の姿がどこにも無かった。霊海の単を調べると、荷物が全く無かった。雲水の一人が霊海がいなくなったと佛日庵の周朝に報告すると、周朝はうろたえた。そして慌てて僧堂に姿を現した。

「どういうことじゃ？」

雲水たちが昨夜の大雨のことを口々に話した。その様子は、日干しにされている畳の数や布団の有様でも想像が付いた。周朝は言葉が無かった。


その夜、永田の東輝庵はざわついていた。先日下山して、鎌倉の円覚寺に行ったはずの霊海が旅姿のままで戻ってきたからだ。雲水たちは霊海の身に何かあったらしいと異変を想像したが、実際何があったかは誰も分からなかった。

霊海は月船がいる隠寮に向かうと、廊下に正座して、入り口の前で手をついた。

月船は文机に向かって正座して、静かに書物を読んでいた。月船は入り口に背を向けていたが、入り口にいる雲水が誰かが分かって驚いた。彼は雲水が廊下を歩く音や、所作を気配で感じるだけで、誰かを正確に当てることが出来た。だから円覚寺に行って、ここに居ないはずの霊海が突然現れたのが分かって驚いたのだ。

「霊海か？」

月船は霊海に背を向けたまま、確かめるように言った。

「はっ」

霊海は低頭した。

「円覚寺に行ったのではないのか？」

「はっ」

霊海は低頭のまま、答えた。

「ならば、なぜここにおるのか？」

月船は背を向けたまま詰問するように問うた。

「仔細《しさい》あって戻って参りました。まことに申し訳ありません」

「なに？　仔細だと？　仔細とはなんじゃ？」

「あそこは修行の場ではございません。雲水らは皆腐っております。博打や女にうつつを抜かす大馬鹿者どもです。僧堂もあばら家同然で雨が降れば、びしょぬれで寝るところもございません」

「……」

月船は、しばらく無言だった。何かを考えている様子だった。そして、

「霊海、わしはそなたを見損ないましたな！」

と強い口調で言って、すっと立ち上がった。そして、部屋の奥から霊海のほうに歩いて来ると、入り口の障子戸をぴしゃりと閉めた。

月船は常に入り口を開けていた。独参する者は拒まぬという姿勢の表れだった。それを霊海

の目の前で閉じたのだ。それは明確な拒絶の証しだった。

霊海は、しばらくその閉じられた入り口をじっと見つめていた。やがて目から涙が落ちた。東輝庵の地獄のような修行でも泣いたことのない霊海が泣いたのだ。

霊海はしばらく肩を揺らして泣いていた。しかし、その涙を拭うと、立ち上がって踵を返し、憤然と東輝庵の門を出た。

翌朝、円覚寺の僧堂では朝の振鈴が鳴って雲水たちが布団から飛び起きた。そのとき、昨夜寝るときには居なかった霊海が単の上で布団から起き上がったので、皆驚いた。

恵山は驚くと同時にがっかりもした。鬼のような霊海が居なくなって助かったと思ったのが、いつの間にか戻ってきたからだ。

霊海が戻ってきたことを知った周朝は、霊海を佛日庵に呼んだ。そして、霊海の前に手をついた。

「まことにわしらが至らぬことで申し訳ない。ご迷惑をお掛けした。僧堂の屋根は至急普請しますでな。これに懲りずに、指導をよろしく願いたい」

そう言って、周朝は頭を下げた。周朝は雨漏りを詫びたが、賭博や女遊びのことは言わなかった。知らなかったのだろう。霊海もそれには触れなかった。

「和尚様、お手をお上げください。わしはこれも修行のうちだと思うております。ご心配は無用にございます。わしは逃げも隠れもしませんので」

霊海は快活そうに言って、佛日庵を下がった。

周朝は霊海が居無くなれば東輝庵まで詫びに行かねばならないかと思っていただけに、霊海が戻ってきて、ほっと安堵した。

そのことがあってから周朝は塔頭を回っては頭を下げて資金をかき集めた。そして、一か月もしないうちに僧堂の屋根瓦を葺き替えた。

円覚寺に戻った霊海は、前にも増して雲水らを激しく警策で打った。坐禅の間、雲水たちは片時も息を抜くことが出来なかった。

しばらく経ったある日のことである。霊海は寺の裏山から一抱えもある丸太を担いで下りて来た。そして、それを半日がかりで鋸や斧を使ってぶ厚い板状のものを作り、仕上げに鉋《かんな》を掛けた。

若い宗外は、霊海が見慣れぬものを作ったので、

「霊海様、それは何になさるのですか？」

と訊いた。

「警策の代わりに使うのじゃ」

霊海は事も無げに言ったが、宗外は青くなった。

「それでは怪我人が出ましょう」

「なに、いままで警策であれほど打っても効き目が無いのじゃ。これくらいはせねばな」

「しかし、いかにも重そうにございます。お持ちになるだけでも大変でございましょう」

宗外は何としても霊海に思いとどめさせたかった。しかし、

「わしは七歳の子どものときにテンポと言ってな、宇和島の海で鰯を目掛けてこれより重い丸太を海中に投げ入れておったのじゃ。これしきの板っきれは少しも重くはないわ」

宗外はそれを聞いて恐れ入った。

霊海はその晩の坐禅から禅堂にこの分厚い警策を持ち込んだ。

雲水らが一様に恐懼したことは疑いない。ただでも、霊海の馬鹿力で肩の骨が砕けるほど打たれてきたのに、このぶ厚い警策で打たれたのでは確実に骨が砕ける。

坐禅の間、どの雲水も極度に緊張し、少しの気の緩みも無かった。背筋は恐ろしいほどに伸び、顎も引き締まって、法界定印もいささかも崩れることが無かった。

人一倍大きな身体の霊海が巨大な警策を担ぎ、目を怒らして歩く様は、さながら地獄の閻魔大王のようであった。雲水たちはその姿を陰で鉄閻魔と呼んで恐れた。

周朝は僧堂の様子が気になると見えて、ときおり何食わぬ顔で僧堂の前を歩いて通り過ぎることがあった。僧堂の大扉は常に開け放たれていたから、中の様子は外からでもよく見えた。周朝はいままで見たことも無い大きな警策を霊海が担いで目を光らしている異様な光景を見てさすがに度肝を抜かれた。それまで何人も怪我人が出ていると聞いていたから、死人が出るのではないかと恐れた。しかし、霊海に指導を任せると言った以上、口出しは出来なかった。

霊海は一か月ほど、坐禅の間中その重い警策を担いで目を怒らしていたが、とうとう一度もそれを振り下ろすことが無かった。

ある晩のことである。霊海は、その日の坐禅を終えるとき、

「この警策は重かったわい。もう使わぬ。必要が無くなったからの」

と言って、肩から下ろした。

そして、

「文殊様にご寄進いたします」

と言って、文殊菩薩の台座の中に仕舞うと、二度とそれを出すことは無かった。

雲水たちが安堵したことは言うまでもない。しかし、このことがあってから雲水たちの姿勢は格段に良くなった。

師走になって、雲水たちの最大の試練は恒例の臘八大摂心だった。

これまでここの雲水たちが経験した臘八大摂心は形式的なもので全く寝ずにやるというようなことは無かった。ところが霊海は厳格にやると言った。雲水たちにしてみれば、冬の寒い最中に七日間も寝ずにやるのは狂気の沙汰にしか思えなかった。身体を壊す者が出るのは必至だった。

霊海が円覚寺に来てからすでに一人の雲水が恐れをなして下山していた。霊海は、この大摂心で大半の雲水が脱落するだろうと思った。しかし、手を緩める積りは全く無かった。

臘八大摂心が始まると、案の定三日目ですでに脱落する者が出て、七日目までには一人残らず全員が倒れた。中には二昼夜近く倒れて目を覚まさず死んだかと心配させる者もいた。東輝庵であれば、全員が下山である。しかし、霊海もさすがにそれは出来なかった。自ら下山を申し出た者には下山を許したが、そうでない者は残した。結局、残ったのは宗外ら四人だけで、最古参の恵山も去った。

さすがに霊海の厳しい修行は塔頭の間にも聞こえ、心配する住職が多かった。

「このままでは雲水が死に絶える。寺を継ぐ者もいなくなる」

と言って、周朝に霊海のやり方を改めさせるよう進言する者もいた。

周朝も内心心配であったが、住職らの批判を一身に受け止めて耐えていた。霊海を信頼してのことだった。

霊海は盛んに遠鉢、大遠鉢もやった。

これまでの托鉢は鎌倉近辺が中心でほとんどが近鉢だった。

しかし、円覚寺は勢力の大きかった寺だけに信者は伊豆や三浦、それに武蔵や相模まで広範囲に広がっていた。霊海は、遠方でほんの数戸の信者がいるだけの小さな村でも出かけて行った。

中には何十年も雲水を見たことが無いと言って驚いていた信者もあった。ある豪農は、「今度来るときは大八車で来い」と言った。

霊海が言われたとおり大八車を曳いて行くと、荷台一杯に米俵と大根の山をくれたことがある。

「十年分のお布施じゃ」

その豪農は喜んで言った。

米はもちろんのこと大根も有難かった。大根は保存が利くうえに、様々な料理が可能だったからだ。これほど重宝する野菜は無かった。余った分は塔頭にも分けた。住職らは喜んだ。雲水が少なくなって寺を継ぐ若い僧侶が不足していた。老僧がひとりで切り盛りしている寺もあって、こういう寺では托鉢もままならなかったからだ。

霊海はまた、各地に点在した円覚寺派の寺院に雲水たちを派遣して逗留させ、そこを拠点にして托鉢を行うなど、活動を活発化させていた。一種の布教活動である。

霊海らが広範囲に活動していることは信者の間でも評判になった。円覚寺が再び活気を取り戻したようだというのだ。円覚寺の盛衰は信者たちの心配事でもあった。

霊海の名前は各地にいた若い有望な僧侶たちの人口に膾炙《かいしゃ》するようになった。

「円覚寺僧堂の霊海和尚というのは月船禅師の弟子で、禅師に劣らず厳しいらしい」

「いや月船禅師を凌ぐと言う者もおるらしいぞ」

こうなると、いままで月船のもとに参じていたような気概ある雲水が鎌倉を目指した。翌年の春には、霊海の評判を聞いた雲水たちが八人も一遍に上山した。このようなことはもう何十年と無かったことだった。

そればかりではない。在家信者の中にも参禅したいという者が出てきた。この頃、白隠の影響は全国に広がっており、禅は庶民の間に急速に広がっていた。鎌倉の近郷近在でも熱心な信者は禅寺で坐禅を組みたがった。


霊海が円覚寺僧堂に来て二年が経って二十九歳になった。霊海は正式に東山周朝の徒となり印可を受けた。そして、名を周樗《しゅうちょ》に改めた。

同じ年に蔵主《ぞうす》となり、後堂首座にも任じられた。そして、三十一歳の若さで円覚寺第一座となる座原《ぞげん》になった。彼は異例の速さで確実に位階を上げていた。

周朝もこの頃、円覚寺第一八四世の住職に任じられた。周朝は京都五山を代表する天龍寺と相国寺を開山した夢窓疎石の法脈にあった。周樗がこの法を継いだことは、この後の彼の広範な活躍を約束することになった。

「樗」の字は何の役にも立たない粗雑な大木を意味した。周樗はこの名前を喜び、「樗」の字に因んで自らの道号を誠拙《せいせつ》とした。誠実だが不器用な人間だと言いたかったのだろうか。そして、その後の生涯を自ら誠拙周樗と名乗った。

その後円覚寺の僧堂はますます賑わい、一時はわずか四人まで減った雲水が二十名に迫るまで増えた。このままでは、新たな雲水を収容しきれないと思った周樗は、これまで両側の窓際にしかなかった単を中央の、文殊菩薩の前の列に新たに作ることにした。

周朝が僧堂の屋根瓦を修理するときには満足な金すら無く、資金集めのために塔頭に頭を下げて回らなければならなかった。しかし、雲水が戻ってきたことで円覚寺が活気付き、在家信者も一気に増えた。寄進も格段に増え、新たに単を作る資金はいくらでもあった。

新たな単の造作を終えたとき、周朝は周梼とともに僧堂の前にいた。そして、その改築を喜んだ。円覚寺の衰退を誰よりも危惧していた周朝にとって隔世の感があったに違いない。

周朝は、その翌年の安永七年（一七七八）に逝去した。死の床にあった周朝は、枕元にいた周梼の手を取って礼を言った。

「僧堂が本当の正法眼堂となった。貴殿のお陰じゃ」

正法眼堂というのは、開山の無学祖元が創建当時の僧堂に付けた名前と同じだった。僧堂が移築されたとき、すでに周朝はこの銘板を僧堂に掲げていた。それは「円覚寺に開山時の精神を取り戻したい」という周朝の並々ならぬ想いだった。それが周梼のお陰で実現したのだ。思い残すことは何も無かったに違いない。周梼らに見守られて安らかな眠りについた。

天明元年（一七八一）、周梼はついに前版首座に任じられた。円覚寺に招聘されてから十年、周梼三十七歳のときである。前版首座は今日の師家に当たり、円覚寺住職に次ぐ最高位である。確かに、組織上の位置づけは住職が最高位であることに間違いはない。しかし、師家は寺の最重鎮であり、実際は住職と同格であった。しかも、周梼は僧堂を立派に立て直した実力者で、いまやその名声は全国に知れ渡っていた。

この年、周樗が最も尊敬した師、月船が示寂《じじゃく》した。八十歳であった。周樗はぜひ月船に改築成った正法眼堂を一目見て貰いたいと願っていたが、師は以前から体調が悪く、ついにその希望は叶わなかった。しかし、月船は死の床にあっても、正法眼堂が改築されたことも周樗が前版首座に任じられたことも知っており、周樗が見事に円覚寺僧堂を再興したことを喜んでいたという。

周樗は永田の東輝庵で執り行われた月船の葬儀に参列した。月船の遺骸の前で周囲の目を憚《はばか》ることなく号泣したと言われている。周樗の今日があるのは、間違いなく、この月船の厳しい修行のお陰であった。周樗は、そのことを誰よりも身に染みて感謝していたのだ。

天明五年（一七八五）、円覚寺は創建以来の記念すべきときを迎えていた。円覚寺を開山した無学祖元・仏光国師が示寂して五百年となる節目の年であった。

円覚寺は、このときを見据えて数年前から大事業を進めていた。その大事業の総責任者が周樗であった。大事業のひとつは境内に舎利殿と僧堂を擁する正続院の完成である。活気を取り戻した僧堂の横に念願だった宿龍殿《しゅくりゅうでん》を新築した。ここには食堂《じきどう》も典座もあり、それまで生活に不便であった雲水たちの衣食住が整うことになった。名実ともに雲水育成の拠点が完成したのだ。

もうひとつは山門の再築である。山門は言うまでも無く寺の顔であり、消失していた山門の再築は円覚寺の悲願であった。これに多額の費用が必要であったことは言うまでもない。しかし、周樗の奔走で十分なお布施が集まった。多くの信者たちが喜んで寄進したのだ。

その山門は、無学祖元の五百年大遠忌を前にして完成した。

周樗はその大伽藍を見上げては喜びを隠さなかった。十四年前に初めてこの境内に立ったとき、ここには土台の跡しかなかった。この大寺院の再興を託されて上山したとはいえ、不安に圧倒されていた。その自分が、ここに山門を再築することがあろうなどとは想像すらしていなかった。四十一年の人生の中でも最も感慨深いことだった。

この時、円覚寺は往時の輝きを取り戻していた。そして、新たな時代を迎えようとしていた。

その節目に周樗は大役を果たしたのである。

無学祖元はいわば日本の禅宗の開祖のひとりとも言うべき偉大な存在で、この大遠忌は格段の意味があった。

大遠忌には臨済宗の各派からは勿論のこと、他の禅宗各派、天台宗、真言宗などからも錚々たる老師や長老などの高僧が鎌倉に馳せ参じた。その数は優に五百を超えたと言われている。

このときの住職は、周朝を継いだ節山梵忠《せつざんぼんちゅう》であった。遠忌はまず無学祖元を祀った正続院で節山による九拝の儀式が執り行われたあと、仏殿で二日間に亘って盛大に法要が行われた。

周樗は常に儀式の中心にあり、その威厳に満ちた所作は多くの僧侶を魅了した。そして、この大役を無事に務めた周樗の名は不動のものとなった。

この大事業を終えて、円覚寺がほっと一息ついていたときのことだった。境内は突然の訪問者を迎えて、少しばかりあたふたとしていた。

訪問者というのは宇和島藩藩主の伊達村候公であった。この頃、円覚寺が大名を迎えることはほとんど無かった。大袈裟に言えば、鎌倉時代以来のことと言っても良いほどの出来事であった。

無学祖元の頃であれば、時の将軍を始め、幕府の重鎮や諸大名の中に禅宗に帰依する者は多く、円覚寺がこうしたお歴々の参禅を受けるのは日常茶飯のことだった。その頃なら何も珍しいことではなかった。

しかし、鎌倉幕府の滅亡とともにそうした帰依者はどんどん減り、江戸の頃には変わり者の侍が僅かに帰依するのみで、大名では珍しかった。

「宇和島の殿様が来られた」

真新しい山門で受付の事務を司っていた僧侶は慌てて大方丈に走った。突然の訪問者が宇和島藩藩主の伊達村候と分かって粗相があっては一大事と思ったのだ。僧侶は住職の節山にただちに報告した。節山は宇和島藩藩主が来たと聞いて周樗を呼んだ。周樗が宇和島の出身であることを知っていたからだ。

周樗は村候公が突然参上したと聞いて大変に驚いたが、同時に名誉なことと喜んだ。周樗は佛海寺の小僧だったときに村候に目を掛けられていたことも、褒美を頂いたことも忘れていなかった。

周㥄が節山とともに大方丈で対面した村候は、このときすでに六十一歳の老境に入っていた。しかし、大変元気で快活だった。

「江戸から宇和島に下向の途中で、どうしても佛海寺の悪たれ小僧殿に会いたくなっての」

周㥄は村候一流の軽口に思わず苦笑した。しかし、

「大屋形様にはお変わりなく、ご健勝のこととお喜び申し上げます。その節は私ごときやんちゃ小僧にお目を掛けていただき、また本日はわざわざご来山賜り恐悦至極に存じます」

と礼を言った。

「突然のことで失礼したかもしれぬ。それにしても大出世の様子、宇和島でも江戸でも聞いておったぞ。わしも藩の者がこのような大寺院の老師様になったことは名誉に思う」

周㥄は村候に出世を褒めていただいたことがうれしかった。

「恐れ入ってございます。今日、わたくしがこうしておられますのも、大屋形様のお陰でございます」

実際、当時佛海寺の一小僧に過ぎなかった周㥄に諸国に修行に出ることを強く勧めたのは、この村候その人であった。もしその言葉が無かったら、師匠の霊印も勧めなかったであろうし、周㥄自身も修行に出ることはなかったかもしれなかった。

村候は周樗が佛海寺を出た後も参禅は欠かさなかったし、それは今も変わらなかった。そして、しばしば霊印に「俺を殴ったあの小僧はいまどうしておる？」と訊いていたらしい。

霊印は諸国を修行中の周樗の様子はあまり分からなかった。周樗はときおり手紙をくれたが、どこの寺に居てどの和尚に参禅しているということを記すのみで、細かいことは書かなかったからだ。しかし、円覚寺に転派してからは、続燈庵の法如和尚からしばしば円覚寺の寺報などが送られて来た。寺報には必ずと言って良いほどに周樗に関連することが記載されており、その出世の様子も良く分かった。法如は周樗の転派承諾を佛海寺に求めに来ただけに、周樗のその後の動静を逐一知らせる義務を感じていたのだろう。霊印は周樗の出世を知るたびに、それが自慢で村候に話していた。だから、村候は周樗の出世のことを良く知っていたのだ。

村候は大方丈で坐禅を組んだあと、粥を食して機嫌よく下山して行った。粥は村候が必ず所望するであろうと思った周樗が、雲水に命じて急いで炊かせたものだった。周樗は村候が佛海寺では粥を楽しみにしていたことを覚えていたのだ。

村候は周樗の出世祝いだと言って金子《きんす》を置いて行った。円覚寺での参禅は突然思いついたことで祝い品の準備が無く、代わりに置いたものであろう。

周樗は、この金子を有難く頂戴し、江戸に立派な払子《ほっす》を注文して購入した。払子というのは獣毛などを束ねて、それに柄を付けたものだ。元々は蝿や蚊を追うためのものだったが、禅宗で煩悩を払う道具として用いられるようになった。現在では法要で僧侶が威儀を示すために用いられている。

翌年、周樗はこのときのお礼に宇和島の村候を訪れることにした。彼が宇和島に入るのは実に二十六年ぶりのこととなる。

登城する前に、周樗は佛海寺にお供を二人伴って逗留した。

霊印は、このとき八十三歳で健在であった。周樗の顔を見ると、喜びを隠さなかった。そして、

「歳を取ると涙腺が緩んでの」

と言っては、うれし涙に暮れた。

寺には十代の小僧が二人いた。彼らにとって周樗は大先輩であり、羨望の的ではあったが、あまりに恐れ多い雲の上の存在だった。霊印は小僧たちを周樗に紹介したが、ふたりは緊張しきりだった。

周樗はふたりに気遣った。

「わしもお前らの年頃にこのお寺におって、和尚様にご指導いただいた。辛いこともたくさんあったが、いまではそれも良い勉強だったと感謝いたしておる。和尚様ほど慈悲に満ちた方はおられない。よく教えを守って修行に励みなさい」

小僧たちは神妙に低頭した。

霊印は周樗に諸国行脚の頃のことを訊きたがった。とくに月船については特別に興味があっ

たとみえて盛んに訊いた。

「月船和尚の教えとはどのようなものであったのか？」

「霊印和尚様と同じく禅は教えでは得られぬと言っておられました。私は月船和尚様のもとで初めてそれが分かったと思っております。月船和尚様のおっしゃられたことには霊印和尚様と通じているところが多くあって驚いておりました」

「そうか、そうか」

霊印はそれを聞いて喜んだ。

「で、やはり和尚様の修行は厳しいものであったか？」

周樗は、その問いには答えなかった。肯定することは容易《たやす》かったが、通り一遍の肯定で済むような厳しさでは無かったと思った。

霊印は黙して語らぬ周樗の表情に、かえってその厳しさを悟った。そして、

「うん、うん、そうじゃろう。そうじゃろうな」

と頷《ご》きながら独り言ちた。


周樗は宇和島城に霊印も同行して貰いたいと思っていたが、霊印は歩くことも永く座ることも不自由になっていた。

「わしも一緒に登城したいが、あそこの坂道はきつうての。いまのわしでは無理じゃ」

宇和島城に上がるには急な坂道を歩いて登らねばならなかった。周樗が見ても、霊印の足腰では無理だと分かった。

そこでお供のふたりだけを連れて登城した。

宇和島城に登るのは初めてだった。佛海寺で修行していたときも登ったことは一度も無かった。城を下から見上げたことは何度もあったが、その後に目にした他国の城に比べて小振りだと思っていた。しかし、初めて入った城郭は思ったよりかなり大きく広かった。

大広間で周樗と向かい合った村候は、周樗がわざわざ昨年の礼のために宇和島まで来てくれたことを大変喜んだ。

「誠拙老師のような大僧正様を、この城にお迎えするとはな。この上無い栄誉じゃ」

周樗は普段口の悪い村候に大僧正などと持ち上げられて苦笑した。禅宗に大僧正などという位階は無い。村候は宗派を超えて、最大級の賛辞として使ったものであろう。

「大僧正などとはもったいないことで。わたしは今でも佛海寺の小僧と変わらぬと思うております。村候様のお顔を拝見すると、一遍に昔に帰ったような気がいたしまする」

村候が円覚寺を訪れたときは住職の節山が同席していたので、ふたりは遠慮してあまり昔話も出来なかった。しかし、このときのふたりは当時のことを振り返りながら昔話をしては、何度も大笑いした。

村候は若い頃から着手していた数々の藩政改革が順調に進み、領民からは高い信頼を得ていた。当代きっての名君との呼び声も高く、その名は全国に知れ渡っていた。

この頃は教育にも力を入れていた。

「十五歳の頃からは自主性にまかせ、あまり学問を強制してはならない。この頃からは武芸、武芸である」と繰り返し独特の教育観を言った。

周樗は、「禅でも自主性は大事にございまする。大屋形様のお考えは禅にも通じるものがございます」

と言って、村候を喜ばせた。

村候は詩歌もよくし、歌も残した。

「見はつるも見はてぬもまたみな人の夢のうちなる夢と知らずや」

人生を夢になぞらえたものだが、ここにもどこか禅僧の歌と見まごう響きがあった。

村候は周樗が持参した払子を手に取りながら、

「これは見事なものじゃな」

と褒めた。それは漆で朱色に塗られた柄に馬の尻毛を丁寧にあしらった名品であった。

村候は周樗がいつも使っていた如意《にょい》にも興味を持って、それも手に取った。そして、つくづくと眺めながら、

「禅僧というものは奇妙なものを持つものじゃな」

と言って、笑った。

如意というのは元は背を掻くための棒で、いわゆる孫の手である。自在に痒いところに手が届くところから、これを仏の思いやりの象徴とした。木や竹を工作したものが多いが払子とともに、その僧の威厳を表すものとして大事にされた。禅宗に限ったものではないが、村候はそのとき初めて手に取って見た。


周樗はしばらく佛海寺に滞在したのち、鎌倉へと発った。

鎌倉へ発つ前、霊印は、

「家串の母殿にはお会いして行かないのか？」

と訊いた。

宇和島城下まで来ていながら、長生きしている母親に会わずに帰るのは親不孝にも思えたのであろう。一昨年には継父の平兵衛も亡くなっており、墓参に戻っても不思議は無かった。安は、このとき七十一歳になっていた。霊印はその健在であることを知っていた。

霊印は、周樗が当然に母親の消息を知りたがるだろうと思い、周樗が宇和島に来ると知らせがあったときに、家串に小僧を送った。

霊印は彼に手紙を持たせた。手紙には、士郎が鎌倉の円覚寺という日本で最も寺格の高い大寺院で僧堂前版職という偉いお坊様になられて佛海寺に帰来すると書いた。霊印は僧堂前版職などと言っても安には分からないだろうと思って、偉いお坊様と説明を付けた。

安はもう大分目が不自由になって、息子の平蔵にその手紙を読んで貰った。安は霊印から士郎が若い時に諸国行脚に出たことを聞いたことがあったが、それ以来の消息は全く知らなかった。士郎から手紙が来たこともなく、佛海寺とも疎遠になっていた。だから、円覚寺で偉い坊さんになったと聞いて大変驚いた。それは平蔵も同じだった。安も平蔵も大変名誉なことと思い、喜んだ。

平蔵は安に一緒に城下の佛海寺に行って、あにさに会おうと提案した。安は目が少し不自由になったが、いまだに裏山の段畑に登って畑仕事もしていたから足腰はしっかりしていた。平蔵は今の安ならまだ宇和島城下まで歩けると思ったのだ。

しかし、安は尻込みした。

「こんな田舎の老いぼれ婆あが親でございますと言って士郎に合わせる顔があろうかの。もう親子ではないんじゃ、とっくにの。いまさら親だと言ったら偉うなった士郎には迷惑がかかるばかりじゃろ。喜ぶとは思えん。わしは行かん。平蔵、お前一人で行ったらええ。お前なら、士郎も喜ぼう」

平蔵は、そう言われても安を置いて行く積りは無かった。士郎が兄とはいえ父が異なるうえに、弟の自分が士郎を追い出すことになったことは分かっていたから負い目のようなものがあった。しかし、血を分けた兄弟は士郎ひとりであったし、士郎に背負われていた頃のことはかすかに記憶があった。士郎は喧嘩が強く、心強い兄であったこともよく覚えていた。だから会いたい気持ちは人一倍強かったが、母である安がそう言うのではどうしようも無かった。

平蔵は、安に代わって霊印に礼状を送った。

「あにさの栄達は母もよろこんでおります。ほんにわが一族の誇りと思います。幸い母は元気で、いまも毎日のように段畑に出ております。あにさにはよろしくお伝えくださりますようお願い申し上げます」

この手紙には一昨年に平兵衛が亡くなったことも付け加えられていた。

霊印は平蔵の手紙を周樗に渡した。周樗は霊印がそのような手配をしてくれたことに驚いて、礼は言ったが、それ以上のことは何もしなかった。

霊印には周樗が母や弟に対してあまりに冷淡に過ぎないかと思ったが何も言わなかった。周樗は弟子ではあったが、いまや自分をはるかに凌駕する高い地位にあった。その彼に、差し出がましいことは言えなかった。

周樗にしてみれば、安はもう忘れた存在だった。色の白い美しい母だったという記憶はあるが、もう顔の輪郭も思い出せなかった。思い出すのは、よく叱られたことばかりだった。安がときおり見せた般若のような怖い顔ばかりが記憶に残っていた。

このことがあってから、家串では安の孫たちの祖母への接し方がまるで変わった。安の子どもである大叔父が、天下に名だたる高僧であることが分かって、安も尊敬されるようになったのだ。安はよく孫に助けられて段畑に上がり農作業をした。孫たちは以前にも増して安をいたわり、ある子は安の手を引き、ある子は安の尻を押した。安は士郎が子どものとき、やはり自分にそうしてくれたことを思い出しては、孫たちにそのことを話した。一緒に芋を掘り、麦を刈ったことも、宇和海を望んで島々の名前を当てっこしたことなども懐かしそうに話した。孫たちにも士郎のように偉くなって貰いたいという安の気持ちの表れだった。

安は佛海寺に士郎を残してきてから毎日欠かさず行っていたことがあった。それは、毎朝朝食の前に、士郎が使っていた茶碗に飯を盛り仏壇に供えることだった。安はそれに手を合わせたあとで、その茶碗の飯を自分の茶碗に移し替えて食べた。それは家を追い出さざるを得なかった士郎へのせめてものお詫びであったのであろう。飯はいまでも士郎が居たときと同じで、麦と芋が混ざった貧しいものだった。

士郎が出世したことは柿之浦の永楽寺にも届いていた。この頃、まだ義道和尚は存命で、霊印からの知らせに驚いていた。義道も安と同様に、士郎がずっと昔に諸国行脚に出たことを聞いてから、その後の消息は全く知らなかった。それが天下の円覚寺の僧堂前版職になったというのだから、腰を抜かすほど驚いた。そして、檀家の顔を見る度に言った。

「ここの崖の下に士郎という赤子がいたことを覚えておられるかの？　鎌倉に円覚寺という大変立派な禅寺があるが、そこの僧堂前版職と言ってな、最も偉いお坊さんになったという。これは凄いことじゃぞ。柿之浦の誇りじゃ」

もはや柿之浦で士郎のことを覚えている者はほとんど無かったが、士郎の母の安が家串にいることは皆知っていた。義道が柿之浦で触れ回ると、それは家串にも広まった。安も平蔵も家串では身内以外に周樗のことを自慢することはなかったが、柿之浦から家串へと噂が広がった。

「平蔵さんのところの安婆さんの子に士郎というのがおったじゃろ。やんちゃで力があって喧嘩も強かった。それが鎌倉一の偉いお坊さんになられたらしい。鎌倉一ということは日本一偉いということじゃろ。柿之浦では大騒ぎらしいぞ」

鎌倉一ということが、いつの間にか家串では日本一ということになって広まった。もちろん、家串でも大騒ぎになった。

すると、家串では村人たちの安に対する態度が全く変わった。安は七十を過ぎていたから、すでに村の長老の仲間入りをしていたが、ほかにも長老は何人もおり、格別な存在では無かった。それが村の集まりともなると、安に最長老の席が用意されるようになった。中には安の前で手を合わせる者さえ出るようになった。

そのたびに、安は「そんなことはせんでくれ」と手を振りながら、皺だらけの顔を余計に皺くちゃにした。


その翌年の春、村候は江戸の藩邸で節句を迎えた。このとき行われた祝宴に周樗を招いた。麻布にあった宇和島藩上屋敷は、誠拙周樗という江戸にも聞こえた鎌倉の名僧を迎えて大いに盛り上がったという。こうして、周樗と村候は交流を深めていた。

周樗の名声が江戸でも評判だったことを示す出来事があった。

これは後に講談話にもなって語られた。講談によればこうである。

深川の白木屋にひとりの美しい娘があった。この娘が大病になり、主人は八方尽くして看病したが、一向に良くならない。とうとう医者もさじを投げた。家族はもはや娘は息を引き取るばかりと、その枕元で泣いた。主人はこうなれば神仏に頼るしかないと腹を決めた。そのとき聞きつけたのが鎌倉円覚寺に誠拙周樗という徳の高い坊さんがいて、この方に頼めば解決できないことは無いという。何しろ廃寺になろうかというほど落ちぶれた円覚寺を一代で立て直し、その力量では今の日本にこの方の右に出る僧侶は無いとも聞いた。主人は、もはやこの方にすがるしかないと鎌倉に早駕籠を送り、三顧の礼でお迎えした。和尚は白木屋に着くと、「大事な娘さんのことじゃ。お経を誦んで進ぜよう。しかし、お布施は前金でもらいたい。後金ではご利益が薄れる」と言ったとか。すると、主人は「可愛い娘が助かるなら、わたしどもの身代の半分を差し上げてもよろしいので、ぜひにお願いしたい」と言って、百両の小判と米百俵をすぐに鎌倉に送った。それを見届けた和尚は、さっそく娘の床の前で般若心経を唱え、娘の耳元で説教を始めた。「娘さんよ、あんたは幸せ者じゃ。父上や家族がこれほどまでに思うてくれておる。それにもかかわらず、お前さんはあの世に発とうとしておる。これも運命というものであろう。しかし、心配するな。お父上殿のご功徳のおかげで鎌倉の僧たちが生き延びられる。僧たちのために大変な浄財をされたのじゃ。お前さんの成仏は間違いない。安心して死なれるが良い。けっして心配は要らない。安心して逝かれよ」

これを傍で聞いていた主人は、大金を前金で払ったというのに和尚がまるで娘に死ね死ねと言っているようだと思って腹を立てた。

しかし、和尚は主人の憤怒の顔を尻目にしてさっさと家を出て行ってしまったという。

ところが、この説教のあとで不思議なことが起きた。昨日まで、愛する家族のためにもなんとしても生きねばならぬともがき苦しんでいた娘が和尚の言葉で安心を得た。すると、これまで死ぬほど苦しんでいたのが嘘のように消えてしまったという。

この話の真偽のほどは分からないが、周檷の名が江戸の講談になるほど知られていたことは疑いない。

その後、寛政三年（一七九一）に恩師霊印が八十八歳で示寂し、その三年後には村候公が七十歳で他界した。周檷は相次いで大事な人々を亡くした。

この頃、円覚寺の僧堂は入山を希望する雲水が急激に増え、僧堂だけでは収容し切れないほどの盛況ぶりであった。まず周檷は僧堂だけでなく、宿龍殿も雲水の起居に使って五十名を収容した。しかし、それでも足りず、篤志家の援助で円覚寺の周辺にいくつか庵《いおり》を建てた。ところがそれでもまだ足りず、山内の塔頭はもとより近隣の建長寺の塔頭や、遠方の末寺にまで頼み込んで置いてもらうほどだった。中には、相模国《さがみのくに》の金井にある玉泉寺などもあった。玉泉寺は、のちに周檷の隠居所になった寺である。したがって、雲水の数は優に百名は超えたと思われる。周樗の名声を聞いて、全国から有望な若い僧侶たちが集まってきたのだ。

寛政九年（一七九七）の夏、五十三歳の周樗は、再び佛海寺を訪れた。霊印和尚の七回忌の法要を営むためである。この法要には全国から二百名を超える僧侶が集まり、佛海寺の狭い本堂では入りきれぬくらいであった。佛海寺にこれだけの僧侶が一度に集まったことは無く、近隣の人々を驚かせたという。

この頃、家串ではちょっとした騒ぎが起きていた。周樗が城下に来ているらしいという噂が村中に広がっていたのだ。

「士郎どんが宇和島まで来られたなら、ここにも寄ってくれたら良いのにな」

「ぜひお顔を拝見したいものじゃ」

「とにかく偉い坊さんらしい。わしらがめったなことでは会えんお方じゃ」

「安さんに頼んで、ここにも来てもらえんじゃろうか？」

安や平蔵のところには、周樗に会えないかという村人が何人もやってきた。

安も平蔵もこれには困った。安は相変わらず周樗に会うことに躊躇していたし、平蔵もそうであった。

安らが渋っていると、これにしびれを切らした村人の一群が城下に向かった。多くの村人が地元が輩出した高僧をぜひとも拝顔したかったのだ。しかし、彼らが城下に着いたとき、周樗はとっくの昔に紀伊に向かったあとだった。

五

紀伊の由良に興国寺があった。開山は法燈国師である。法燈国師は道元に師事したのち、四十三歳で中国に渡った。そこで禅宗の教科書ともいうべき『無門関』を著した無門慧開《むもんえかい》禅師に師事し、その法を嗣いで四十八歳で帰国。正嘉二年（一二五八）、五十二歳のとき、鎌倉三代将軍源実朝の家臣だった藤原景倫《かげみち》に懇請されて当時はまだ西方寺と呼ばれていた興国寺の開山となった。『無門関』を日本に初めてもたらしたことでも有名な稀代の名僧であった。

この秋、その興国寺で法燈国師の五百年遠忌が営まれることになっており周樗は遠忌を先導する導師を頼まれていた。

周樗は初めこの話が持ち込まれたとき一度断った。興国寺は同じ臨済宗ではあっても妙心寺派であり、かつて自分もそうであったと言っても、今は円覚寺派に転派した僧侶であった。しかも紀伊は京都のお膝元と言っても良いところで、京都に名僧、高僧があまたいるのになぜ鎌倉にいる自分なのかと訝ったのである。

しかし、興国寺はどうしても周檮でなければならぬと懇願した。寺は鎌倉の将軍の家臣だった景倫が将軍の御霊を祀るために開基したもので、鎌倉の色が強いというのだ。しかし、法燈国師は京都から来た。法燈国師の法要なら京都の僧侶が務めるのが理にかなっている。興国寺が周檮にこだわった理由はほかにあったと考えるしかない。法燈国師という偉大な名僧の五百年忌をなんとしても成功させたかったのだ。そのためには周檮以外は考えられなかった。

実際、周檮が導師を務めると、由良に全国から五百人を超える名僧、高僧が集まったという。周檮は、この大事業を終えると、那智の青岸渡寺《せいがんとじ》に足を延ばし、紀州の紀三井寺《きみいでら》と粉河寺《こかわでら》にも詣でた。これらは三十三か所ある西国巡礼の第一番から第三番の寺に当たる。

青岸渡寺は巡礼の第一番に相応しく、熊野の山奥にあった。道は鬱蒼とした深い森の中を延々と登る。その険しさは修行の厳しさを物語っていた。とくに寺に登る途中からでも見える那智の滝は圧巻だった。滝の水が滝壺に落ちる轟音は遠くの山々に響き渡り、この世のものとは思えなかった。周檮は、よくこのような山奥にこれほどまでに神々しい滝があるものだと畏敬の念を覚えた。

周檮とお供の一行は、熊野那智大社に参拝してから青岸渡寺に詣でた。本堂で読経を終えると、寺の住職が現れ、由良の法燈国師の大遠忌で周檮に会ったと言って挨拶した。

住職は周檮がお参りしてくれたことを大変喜んだ。そして、一行を宿坊に案内し、逗留を勧めた。宿坊の窓からは正面に那智の滝が見え、眺めがよかった。周檮は住職の言葉に甘えてしばらくここに逗留し、その後、紀州の紀三井寺と粉河寺へと向かった。

周樗は、三十三か所全部を廻ってみたいと思った。しかし、全部歩くと二百五十里（約千キロ）あり、若い者でも二か月は掛かると言われていた。周樗は五十四歳になっても、鎌倉と京都をほとんど徒歩で歩ける健脚であった。さすがに箱根や彦根の山岳地帯は輿に乗ったが、これはお供に迷惑をかけてはならないという周樗の気遣いであって、そうでなければ自分の足で歩いたであろう。周樗の足に問題は無かったが、それでも全部廻るとなれば、若い者の二倍や三倍の時間が掛かるだろうと思われた。

問題は、忙しすぎるということであった。周樗でなければという法要がひっきりなしにあったからだ。二か月も、三か月も寺を空けることは不可能だった。

このときも、粉河寺に詣でたあとで、ただちに鎌倉へと戻った。

この後も、周樗の人気は益々高まるばかりで、文化四年（一八〇七）には隣の建長寺で執り行われた大応国師南浦紹明《なんぽじょうみょう》の五百年遠忌で導師を務めた。大応国師は建長寺開山の蘭溪道隆に師事したのち宋に渡り名僧虚堂智愚《きどうちぐ》の法を嗣《つ》いだ。虚堂は中国の純禅を立て直した中興の祖と呼ばれており、大応国師は中国禅の正統を嗣いだことになる。臨済義玄の説いた純禅を厳しく貫いた僧で、その法嗣が大燈国師、法孫が関山慧玄である。のちに彼らの流れが応燈関と呼ばれて臨済禅の法的支柱となった。天皇から初めて国師の称号を与えられたことでも有名で、歴史に残る名僧であった。

その遠忌の導師を鎌倉五山第一位の建長寺が鎌倉五山第二位の円覚寺師家の周樗に委ねた。建長寺は建長五年（一二五三）に鎌倉幕府第五代執権の北条時頼が創建したもので、円覚寺よりも古く、寺格も高い。しかし、やはり円覚寺と同様に鎌倉幕府の終焉とともに衰退し、江戸時代には危機に瀕していた。それが立ち直ったのは、周樗がもたらした円覚寺の興隆によって恩恵を受けたからである。建長寺と円覚寺は寺格を巡って常に競い合ってはいたが、建長寺にとっても周樗は別格の存在だった。

文化五年（一八〇八）、周樗は六十四歳で師家を法嗣の清蔭音竺《せいいんおんじく》に委ね、塔頭のひとつ伝宗《でんしゅう》庵《あん》に庵を移した。

清蔭は周樗の法嗣の中でも傑出していた。のちに円覚寺派第一九一世の住職になったあと南禅寺の住持に推挙された。京都で五山の上という別格の位にあった南禅寺に鎌倉五山から推挙されたのは彼が初めてであった。しかし、残念なことに就任前に逝去した。

周樗は、この清蔭のみならず多くの優れた法嗣を僧堂で育て上げた。法嗣というのは、師匠が真に自分を嗣に相応しいと思う弟子にのみ認めるもので、通常、ひとりか、せいぜいふたりという場合が多い。周樗には清蔭のほか、やはり円覚寺の住職となった志山梵俊《しざんぼんしゅん》を始めとして、淡海昌敬《たんかいしょうけい》、泊船昌因《はくせんしょういん》、武陵承芝《ぶりょうじょうし》、拙庵元章《せったんげんしょう》、印宗恵顒《いんじゅうえぎょう》、龍門圓舒《りゅうもんえいじょ》の八人の名僧が法嗣として系図に名を連ねている。

周樗が伝宗庵に移って間もなく、彼の元に金井から玉泉寺の建て替えが終わったと知らせがあった。以前から周樗はここに隠居することになっていた。事実上の隠退である。

周樗が玉泉寺に行くことは既定のことで、彼は移る前から下見していた。寺には豊富な水が出た。周樗はこれを喜んで裏山の竹林に茶室を構えることにした。そして、茶釜なども新しく買って隠居を楽しみにしていた。

周樗は茶室が完成すると、これに不顧庵忘路亭と名付けた。栄達というものに頓着しなかったと言われている周樗の潔《いさぎよ》さが名前に表れている。

しかし、隠退後もその人気は衰えなかった。

隠退した翌年の文化六年（一八〇九）冬には、京都相国寺《しょうこくじ》で開基将軍足利義満の四百年遠忌が執り行われ、周樗は提唱を要請された。

相国寺は夢窓国師が開山し、いわゆる夢窓派の大本山であった。周樗は東山周朝の法を継いだことでこの夢窓派の法脈にあったから招聘されることに不思議はない。しかし、彼がすでに隠退したことを知らない者は無かった。にもかかわらず、将軍の遠忌ともなれば、やはり周樗に出てもらわなければならなかったのだ。

彼は不顧庵で庵を温める間もなく、京都に向かい遠忌に臨んだ。そして、並みいる高僧を前に、夢窓国師を偲んで『夢窓録』を提唱した。

このとき周㯹は建仁寺の塔頭である法観寺の五重塔落慶でも法要を行った。京都東山に今も聳える八坂の塔のことである。この塔は聖徳太子が建立したものと言われているが、落雷などの火災で何度も消失した。この頃の塔は永享八年（一四三六）に再建されたものだが、すでに大分傷んでいた。ちょうどこのとき文化の大修繕が完成したのである。塔内には仏舎利が奉納されている。これは夢窓国師が足利尊氏に全国に安国寺と仏舎利を入れる利生塔《りしょうとう》を建立することを勧めたことによる。京都ではこの八坂の塔が利生塔になった。

周㯹は、この法要を終えると、美濃、信濃、甲斐を経て金井の玉泉寺不顧庵に戻った。ここでようやく安住のときを得ることが出来た。

鎌倉にいたときから、彼は歌人の香川景樹《かがわかげき》と交流があった。景樹は早くから歌の才能に恵まれ、十五歳で百人一首の注釈を手掛けたと言われる。明和五年（一七六八）に因幡国（今の鳥取県）に生まれたが、幼い頃に一家が離散し親戚に預けられるなど辛酸を舐めた。京都に出て鷹司家などに出仕したのち、歌人の香川景柄《かげもと》の養子になり、香川姓を名乗ることになった。

周㯹との出会いは明らかではないが、周㯹は二十歳以上も年下の景樹の才能に惹かれ師事していた。お互いに恵まれない幼少期を送ったことでも通じ合うものがあったであろう。

景樹は歌だけでなく、書にも優れ、茶も水墨画もやった。いずれにも卓越しており、周㯹は学ぶことが多かった。

景樹は歌に独特の考えを持っていて、歌壇に新風を吹き込んだ。これがやがて保守派の反発を買い、伝統を重んじていた香川家と離縁する元となった。自信家、天狗、狂人などと揶揄されるほどの変人で敵の多い歌人であったが、不思議と周樗とは馬が合った。異端の歌人でも受け入れる周樗の度量の広さは、異端の仏教思想でも受け入れていた霊印和尚の影響かもしれない。

ちょうど周樗が不顧庵に安住した頃、景樹は香川家から離縁されたあとで住まいにも困る有様だった。

周樗はそれを見かねて、よく不顧庵に招き、逗留を勧めた。これは景樹にも有難かったが、周樗も景樹から思う存分に学ぶことが出来て、これ以上のことは無かった。

ふたりは茶を好み、周樗が茶を立てては、歌を詠んだ。周樗は歌で褒められたことは無かったが、墨絵は褒められることが多かった。周樗の描いた似顔絵を月船和尚が東輝庵に飾ったほどの腕前は特に写実に優れていた。それは正確に写実したというのではなく、特徴を上手く捉えていて、実物以上に実物らしいというようなものであった。物事の本質を捉えることに巧みだった周樗ならではのことであろう。こればかりは景樹も感心した。歌では糞みそに言われて意気消沈することも多かった周樗だったが、墨絵となると俄然と話が弾み、ふたりは年の差を忘れて笑った。

周樗は柿之浦で生まれて六十六年。このときが人生でもっとも豊かで優雅なときであったかもしれない。

玉泉寺はのどかな田園の中にあって、周りには純朴な村人が多かった。信心に厚い者も多く、玉泉寺に偉い坊さんが来たと聞いて、檀家はもちろんのこと、近郷近在の者は皆、周樗の話を聞きたがった。

周樗は村人を拒まなかった。来れば、庵に招いて気軽に話をした。

「お前さんたちは、わしの話を聞いて何にされるつもりかの？」

周樗は一方的に教えを押し付けるようなことはしなかった。まず、信者が何を求めているのかを訊いた。

「和尚様は鎌倉でも京都でも一番偉いお坊様だったと聞いております。ぜひ有難いお話を頂戴して成仏したいのでございます」

「おお、そういうことですかの。であればお気の毒じゃが、わしの話を聞いても成仏はできませんな」

周樗がそう答えると、村人は必ず困惑した。周樗は、

「教えられて成仏できるものなら誰でも容易に成仏できましょうぞ。自ら努力して学んだ者だけが成仏できるので、そう簡単なことではありませんぞ」

と言った。若い頃からの持論は、いまでも生きていた。

「では、どうしたら自ら学べるのでしょうか？」

村人は必ずそう訊いた。

「ただ坐ればよい。只管打坐《しかんたざ》と言うてな。ひたすら坐禅に打ち込むことじゃ。できるだけ心を落ち着けてな。自然に様々な考えが浮かんでくるじゃろ。無心である必要はない。無心になろうと思ってなれるものではない。考えに集中することが無心になるということじゃ。集中の裏返しが、無心ということじゃな。考えて考えて考え抜きなされ。考え抜いて行き着いたところが自ら学んだことじゃ」

そう言って、彼らに坐禅を勧め、自ら指導もした。

また、

「村の中に諍《いさか》いがあって話が着きません。どうか和尚様のお力で収めていただけませんでしょうか？」

とまるで、周樗を代官か庄屋と勘違いしているような相談もあった。

それでも周樗は拒まなかった。そして、諍いの本人たちを集めたが、狭い庵に入りきれないこともあったという。周樗はそれぞれの言い分にじっと耳を傾けた。しかし、話を聞いても周樗自らが裁断することは一度も無かった。必ず、最後に、

「で、どうされたいのじゃ？」

と当事者同士に考えさせた。

答えが出なければ、出るまで考えさせた。日を改めさせることもあったという。

何度集めても双方が激しい非難の応酬を繰り返すこともあった。互いに憎悪が最高潮に達することもあった。それでも周檮はじっと聞くだけであった。そして、最後に、

「で、どうされたいのじゃ？」

と訊いた。

その繰り返しで、やがて双方が疲れた。少し落ち着くと、周檮のような偉い坊さんの前で相談するようなことだろうかと思うのだろう。

「和尚様のようなご奇特な方の前で互いに罵り合うのもお恥ずかしいことで……」

と互いに恥じて、やがて折り合えるところを探るようになった。そして、いつの間にか自分たちで解決策を出した。

村人は問題が解決すると、「和尚様のお陰で」と礼を言った。

周檮は、

「わしはただ聞いておっただけだ。礼を言われるようなことは何もしておらん」

と言った。

それでも村人の間で周檮の人望は高まるばかりで、心から敬愛する者が多かった。

周檮は、ここで五年近くを過ごした。今までにない安らかな時間であった。

しかし、夢窓派の法脈は周檮が隠退しても永くは休む暇《いとま》を与えなかった。

文化十年（一八一三）の冬、まもなく七十歳になろうという周欅の元に京都の天龍寺から一通の要請文が届いた。天龍寺は僧堂を建て直し、その僧堂の師家を周欅にお願いしたいと懇請してきたのだ。

「この老いぼれをまだ働かせたいのか？」

不顧庵で安逸な日々を送っていた周欅は要請文を見て困惑した。

天龍寺は足利尊氏を開基とし、夢窓国師を開山として、暦応二年（一三三九）に京都嵐山に創建された。京都五山第一位の寺である。

天龍寺は夢窓国師の頃の精神に戻りたいと考えていた。夢窓の頃、その門人は一万三千人と言われた。そこから多くの名僧を輩出し、一大門派を誇っていた。それが時代の変遷とともに輝きを失い、多くの禅寺と同様に衰退していた。

天龍寺の重役である役寮（役者とも言う）らは再興にふさわしい師家を探していた。夢窓派の法脈にある僧を全て吟味していた。夢窓国師から四百年以上、全国に何千、何万と散って脈々と続く系図を延々と辿《たど》った。そして、行き当たったのが東山周朝であり、その法嗣の誠拙周欅であった。ところが、周朝はすでに亡く、周欅も隠退していた。天龍寺の役寮たちは頭を抱えた。

しかし、周欅は隠退したとは言っても健在であった。役寮たちは周欅以外に適材は無く、周欅を説得できないかと考えていた。

「隠退されたとは言っても、その翌年には相国寺で開基の四百年遠忌を営まれておられる。頼み方によっては受けていただけるのではないか？」

「しかし、あれからもう四年も経っておるし、ご年齢もまもなく古希を迎えられる。説得は容易ではなかろう」

「誠拙周樗様を置いてほかには無い以上、なんとか説得する方法を考えるべきであろう」

役寮たちは、知恵を絞った。そして、要請文を練りに練った。

不顧庵でその要請文を受け取った周樗は、その中に、「夢窓国師以来の法脈」「東山周朝老師の法嗣」「相国寺の開基四百年遠忌も営まれ」と周樗が突かれては困る文言が散りばめられているのを見て驚いた。

周樗としては周朝の名前を出されては、断る訳にもいかなかった。恩義ある師匠、周朝の名に泥を塗ることにもなりかねないからだ。また相国寺の依頼は受けておきながら、天龍寺の要請を断るとなれば、法脈を汚すことにもなりかねない。法脈にある者として絶対に許されないことだった。周樗には、この要請文が脅迫文にも等しいものに思えた。

「天龍寺め、小癪な真似をする！」

周樗は天を仰いで嘆息した。

しかし結局、断らなかった。断れなかったのだ。

周樗は思った。臨済、栄西、夢窓など、始祖と呼ばれる人たちは皆、住持のまま死んでいる。

自分のように修行半ばの未熟な僧侶が隠居所で死ぬなどは許されぬことかもしれぬ。始祖たちは禅僧たるものは、一生を修行で過ごせと言っているのかもしれぬ。まだまだお前は修行が足りないのだと。

覚悟を決めた周韜は、不顧庵を閉じる決心をした。

それを知った金井の村人たちは悲しんだ。

周韜にとっても苦渋の決断だった。村人たちの気持ちも分かるし、有難かった。そこで、自分の爪と歯を壺に入れ、写経とともに村人に残した。村人はこれらを宝物のように大事にした。

金井で最後となる師走の臘八大摂心を終えると、周韜は天龍寺から迎えに来た僧侶の一行とともに不顧庵を発った。

発つとき、別れを惜しむ村人が三百人ほど玉泉寺に集まった。

「和尚様、わざわざこんな寒いときに行かれんでも、もう少し暖かくなってからでもよかろうに」

村人たちは一日でも永く周韜といたかったのだ。

「京都が許してくれんのじゃ。禅寺というものはわしのような老僧にも容赦がないからの。まあ、早く行って、嵐山で熱い茶でも飲もうと思うておるわ」

実際、周韜はもう考えを改めていた。こうなった以上京都の風情を愉しもうと。天龍寺がある嵐山の風景を眺めながら茶を飲むのも趣向があって良いだろうと前向きに考えていた。

周樗らは東海道を目指して金井から原宿へと向かった。金井を出るまで沿道には周樗を見送る人が絶えず、手を合わせる人も多くいたという。

周樗が天龍寺に着いたのは、もう師走も押し迫った頃だった。京都の冬は身を切るように寒い。天龍寺は師家寮に周樗専属の侍者を置いて厚遇した。

周樗が天龍寺の僧堂に来るという情報は、到着前からあっという間に京都の内外に知れ渡っていた。周樗を慕って入山を希望する者が後を絶たず、僧堂はすぐに一杯になった。参禅を希望する在家の信者も増え、坐禅会になると大方丈が信者で埋まった。

周樗は慌ただしく新年を迎えたが、久しぶりの京都で正月の東山を巡っては都の風情を愉しんだ。東山散策の途中で落慶法要を営んだ八坂の塔にも五年ぶりに再会した。周樗は、この歳になってようやく落ち着いて風情というものを愉しめるようになったことを心から喜んだ。

六

久しぶりの京都にも、新しい僧堂にも馴染んできた二月の二十日頃のことだった。この日、周樗は宇和島から客が来たと従者が言うので驚いた。宇和島からはめったに人が来たことは無かったからだ。しかし、鎌倉にいたときに一度佛海寺から来たことはあったから、佛海寺の関係の者だろうかと思った。

侍者に訊くと、

「平蔵殿と名乗られて、和尚様の弟殿だと申されておられます」

と言うので、二度驚いた。

周樗は侍者に平蔵を師家寮に連れて来るように申し付けたが、胸騒ぎがした。平蔵がわざわざ京都まで来るのは余程のことだろう。もしかしたら母の安が亡くなったのかもしれないと思った。米寿を祝ってから、もう十年以上も過ぎていた。いつ亡くなってもおかしくない歳だ。周樗は安の米寿にお祝いの品を贈っていた。

周樗は大人になった平蔵を初めて見た。周樗より四歳若いだけだから、もう老人である。漁民には珍しく色が白く、日焼けしない体質だったのだろう。周樗は母の安も色が白かったことを思い出していた。平蔵の白いうりざね顔を見て、周樗はそこに美しかった安の面影を感じていた。周樗は父の文蔵そっくりだと安に言われていたが、平蔵は安に似たのであろう。

周樗の前で平伏していた平蔵に、わざわざ京都まで来たことに労《ねぎら》いの言葉を掛けてから、どういう用向きで来たのかと尋ねた。

「おかあの安が亡くなりました。二月十四日のことでございます」

ということは、平蔵は葬儀を終えてすぐに飛んできたということであろう。

周樗は想像したとおりだったと思って冷静に受け止めた。

「そうであったか」

彼はそう言って、手を合わせた。

しかし、それならそれで手紙で知らせてくれれば済むことだとも思った。

平蔵が、

「わざわざ参りましたのは、おかあから預かったものがございまして」

と言うと、

「ほう、母から？」

周樗は怪訝な顔をした。何を預かったのか全く想像が付かなかったからだ。

平蔵は脇に抱えてきた風呂敷包みの中から一通の手紙を取り出して、周樗の前に差し出した。

「これはあにさのお父上が熊本のご実家に宛てて書いたものです。お父上が亡くなられましたときに、おかあに熊本に持ってゆくようにと言ったと聞いております。しかし、おかあは何年も持って行かなかったと言っておりました」

手紙は実父文蔵の遺言であろうかと周樗は思った。それをなぜ安は実家に持って行かなかったのか。周樗には分からないことばかりだった。

それは一枚ものの半紙を四つに折ったもので、文章は短かった。宛名は堀田何某となっていた。おそらく文蔵の父か兄弟であろう。

その手紙には、

「……お願い致しておりました士郎の養子の儀、つとによろしくお願い申し上げ候」

と綴られていた。

「お願い致しておりました養子の儀？」

周樗は、この手紙が書かれる前にすでに養子の話があったかのような言い方だと思った。そして、平蔵の眼を探るようにして見た。すると、平蔵が別の手紙を取り出して、同じように周樗の前に差し出した。これも宛名は同じく堀田何某となっていた。先の手紙より前に書かれたものだ。

周樗がそれを手に取ってみると、それは士郎が生まれたときに文蔵が実家に宛てて書いたものだと分かった。文蔵は長い間、実家と文通を怠っていたものと見えて、最初にご無沙汰を詫びていた。そして、息子の士郎が生まれた喜びが綴られていて、安との生活が幸せだった様子が伝わるものだった。そして、自分は鍛冶屋風情に身をやつしたけれども、息子の士郎は武士に育てたい。ついては実家もしくは分家のどこかに養子に出したいので、よろしくお願いいたしたいと訴えていた。

周樗は、それを読んで驚きを隠さなかった。文蔵が自分を武士にしたいと思っていたというのは、安から一度も聞いたことが無かった。文蔵が武士であったことは安から何度も聞いたことはあった。しかし、安に侍になれと言われたこともないし、周樗も思ったことが無かった。

なぜ、安は自分にそのことを一切言わなかったのか？　しかも、文蔵が亡くなったときに、熊本に遺言を持って行けとまで言われていたはずなのに、なぜ持って行かなかったのだろうか？　周樗は疑問に思うことばかりで頭が混乱した。

平蔵が、

「おかあはお父上が亡くなられたときに、お父上の遺言を持って熊本に行くかどうか散々迷ったと言っておりました」

「ん？　ということは考え抜いたうえで持って行かなかったということか？　なぜじゃ？」

周樗には全く理解できなかった。文蔵の意思を無視したということなのか？　周樗はそういうことが許されるのかと信じがたい気持ちになった。

「おそらく、おかあは……」

平蔵は言いかけて止めた。

「ん、なんじゃ？」

周樗は見ていた手紙から視線を上げて、平蔵の目を見た。

「おそらく、おかあは、ずっとあにさを自分のところに置いておきたかったのだろうと思います。あにさはお父上にそっくりじゃったとよく言っておりました。きっとおかあはあにさのことが好きじゃったのだろうと思います。養子のことを黙っていたのは、それを言えば、あにさが熊本へ行ってしまうかもしれぬと恐れたのでしょう」

周槫は平蔵の言葉を聞いて半信半疑だった。

「ところが、私が生まれたものですから、どうしてもあにさを家に置けぬようになって……」

と平蔵は、袖で涙を拭った。

「それで、仕方なく熊本の実家に相談に行ったのだろうと思います」

周槫は、その頃のことを鮮明に思い出した。安が一か月ばかり居なくなって寂しい思いをしたことが鮮やかに蘇ってきたのだ。確か、あのとき熊本の実家に行ったはずだったということも思い出した。

「しかし、実家にはもう立派な跡取りもおり、分家にも養子を必要とするところは無かったと言っておりました」

周槫は、「そうであったか」と頷くしかなかった。もし、そのとき周槫が安から本当のことを聞いていたら、どう思っただろうかと自問していた。

「おかあはそれでも諦めきれず、城下の親戚筋を一軒一軒歩いて回ったと言っておりました」

周槫は、安が熊本城下を歩いて回ったと聞いて、安と初めて宇和島城下に来たときのことを思い出していた。そのときふたりは真っ暗な城下で一つひとつ寺を探して歩いた。そのときの苦労と、必死の思いであったことが思い出された。そして、安が熊本城下をやはり必死に歩き回ったのだろうと思うと、その様子が目に浮かぶようだった。

「そうであったか」

周㮐は、思わず天井を見上げた。その目から涙が溢れた。

そして、次々と安のことが思い出された。

周㮐は、安と最後の別れとなった日、安が佛海寺の山門から坂を下って行く様を在り在りと思い出していた。その姿は寂し気であった。きっと、安は安で苦しんでいたのだろう。その苦しみを自分は汲むことが出来なかった。それを思うと、周㮐は胸が張り裂ける思いであった。

そして、思わず声を押し殺しながら泣いた。

侍従がひとり師家寮の廊下に控えていたが、席を立った。聞いてはならないものを聞いたと思ったであろう。

「わしが生まれておらなんだら……」

平蔵は、自分を責めて泣いた。

「平蔵、何を言うか」

周㮐は平蔵を引き寄せて、その手を取った。

「平蔵、それはお前のせいではないわ。これが運命というものじゃろ。わしは母上には何もしてやれなんだが、お前が一生懸命に面倒を見てくれた。天寿も全う出来た。きっと、これがわしらにとって一番良いことだったのじゃ。仏様のおぼしめしじゃろう。わしはお前に礼を言わねばならぬ」

周㮐と平蔵は手を取り合ってしばし涙を流した。

平蔵は寺に一泊して、翌朝、宇和島へと発った。

昨夜、寝る前の一時、周樗は平蔵に生前の安の様子を訊いた。

そのとき、安が必ず仏前に一膳の飯を上げ、それを頂いていたことを知った。それは周樗のことをいつまでも忘れずにいたいという気持ちからであったと聞いて、周樗は嗚咽した。

翌朝、平蔵が居なくなると、周樗は師家寮でしばらく呆然としていた。何も考えることが出来なかった。

いつもの朝晩のお勤めでも何か考え事をしているようであった。師家として雲水の指導を欠かさなかったのが、一日中師家寮に閉じこもるようになった。侍従たちは、その異変を大変心配した。

「わしは母上に申し訳ないことをした。母上の自分に対する思いやりの気持ちを察することもなく、捨てられたものと思って、この歳までのうのうと生きてきた。恥ずかしいばかりだ」

周樗は、そればかりを考えて、自分を責め続けていた。

そういうことが二、三日続いて、寺中が心配していたときのことだ。

「わしは三十三か所を巡ってくる」

周樗が突然そう言い出したので、寺中が大騒ぎになった。

三十三か所を巡るというのは、言うまでも無く西国三十三か所の霊場を廻る巡礼のことだ。

もう少し若いときであれば、巡礼でも全く心配のない健脚の持ち主であったが、この頃は輿に乗ることが多く、足腰の衰えは誰の目にも明らかだった。

「あのお歳で三十三か所は歩けまいぞ」

大方の役寮たちは心配した。しかし、誰も周愕に意見することは出来なかった。

そこで、寺では巡礼に必要な旅装束の準備だけでなく輿か駕籠を用意する積りだった。しかし、周愕は、

「輿や駕籠は不要じゃ。わしは歩いて参る。そうでなければ巡礼にはならぬ。母じゃにも申し訳ない」

と言い張った。

寺側は困った。万一、今や全国に信徒数万と言われる周愕が途中で倒れるようなことでもあれば、寺の役寮たちは信徒から厳しい叱責を受けることは避けられなかったからだ。

寺では若くて屈強な雲水を二人付けることにしていた。周愕は、これは有難いと受け入れたが輿や駕籠だけは頑として受け入れなかった。寺の役寮たちが困惑しているのを知ると、

「寺には迷惑は掛けない」

と言って、一応は寺に気遣った。

寺側は周愕がそうまで言うのなら仕方がないと諦めたが、お付きの雲水には、

「周愕様に絶対にご無理はさせるでないぞ。万一何か異変があれば、ただちにお止めして、寺に急報せよ」

と厳命した。寺として周樗に万一のことがあってはならなかったのだ。

周樗が母を亡くしたという知らせは、信徒の間でもすぐに広まった。周樗の様子がしばらくの間おかしかったということまでつぶさに伝わっていた。

その様子から、周樗がいかに母の死を悲しみ、いかに母親思いであったかと思われていた。三十三か所の巡礼もその証しであろうと誰もが思った。

周樗は、その本心を誰にも言わなかったが、そのときの気持ちを偈にしていた。

「おとつれていさめ給ひし言の葉のふかきめくみを汲みて泣《なき》けり」

「子をすてし親の心をわすれなは奈落は袈裟の下にこそあれ」

「たらちねの長き別れの手向けにはいやつつしまん我身ひとつを」

いずれにも母の気持ちを汲むことが出来なかったことへの自戒が込められたものだった。

巡礼の出発は二月二十六日だった。安が亡くなってわずか十二日後のことである。その日、周樗は安の戒名「心光浄安大姉」と書いた札を胸に仕舞ってお供の雲水たちと一緒に天龍寺を出た。向かったのは、北陸の若狭湾沿岸にある青葉山松尾寺《まつのおでら》と成相山成相寺《なりあいじ》である。ここを皮切りに北陸から南下して三十三か所の西側にある巡礼地をまず廻り、それから東へと廻ろうという計画だった。

周檮は紀州（現在の和歌山県）にある第一番から第三番の巡礼地、那智山青岸渡寺《せいがんとじ》、紀三井山紀三井寺《きみいでら》、風猛山粉川寺《こかわでら》は、紀伊由良興国寺で法燈国師五百年大遠忌を修したときに廻った。三十三か所ではこの三か所が最も遠いが、すでに参ったことから、次に遠い北陸と播磨の巡礼地を先に廻ろうということだ。

足に不安があれば、まずは近場を廻ってから徐々に遠方へと進むという考え方もあろう。それをわざわざ遠方から廻ろうというところに周檮の覚悟と意気込みが感じられる。

周檮に伴ったのは恵谷《えこく》と明峰《みょうほう》という二人の若い雲水だった。恵谷は北陸の出身で、明峰は丹波の出身だった。周檮が最初に向かった方面に土地勘がある者たちが選ばれた。

一行は寺を出ると京都南部を北陸に向かう山陰道を目指して南に歩いた。天龍寺の南には桂川が流れ、渡月橋があった。渡月橋の欄干には周檮の巡礼を聞いた熱心な信者たちが立ち並び、一行を見送った。

渡月橋を渡ってしばらく南下すると松尾神社《まつのおじんじゃ》がある。東の加茂神社と並び称され「西の猛霊」と呼ばれただけに嵐山の一角に壮大な社殿を並べていた。

周檮は、これから向かう青葉山松尾寺がこの大社と同じ「松尾」であることから、ここに寄って安全祈願を行った。

松尾神社から山陰道までは、まだしばらくあったが、ここにも信者が立ち並び一行に向かって手を合わせたという。いかに周檮が多くの信徒に敬愛されていたかが分かる。

周楞は急がなかった。自分の脚力が相当に衰えていることは自認していたし、寺に迷惑を掛けてはならないことは十分に認識していたからだ。

この日は亀岡で泊まった。まだ、日没には間があり、もっと先まで歩ける時間だったが、急がなかった。周楞が長く歩くのは久しぶりであったから、歩く距離を短くして、早めに宿坊に入った。徐々に足を慣らそうというのだ。しかし、それでも周楞は疲れた。

「これほど老いぼれになるとはなあ」

周楞は歩きながら寺が用意した杖が無ければ満足に歩けなくなった自分に失望するように呟いた。そして、

「もう一度雲水をやり直さなければならんな」

と恵谷と明峰に言って苦笑いした。

ふたりの雲水は、ゆっくりした歩みの周楞にぴったりと寄り添っていた。若い彼らには耐えがたいほどののろさであった。しかし、全く苦にならなかった。むしろ寺では遠い存在だった周楞に付き添えることが何よりも誇らしい気持ちで一杯だった。そして、周楞が自分たちを修行僧に対してというよりは、まるで自分の孫か何かのように話しかけるのも嬉しかった。

「おぬしらの母じゃはご健在かな？」

周楞は両脇に付き添って歩いているふたりの顔を交互に見ながら訊いた。

恵谷と明峰はそれぞれに頷いた。

「大事にしておるか？」

そういうことを訊かれるとは予想していなかったふたりは、曖昧な返事しか出来なかった。

「母じゃは大切にしなければならんぞ。ゆめゆめ粗末にするようなことがあってはならぬ。母親の愛情というものは、わしらが考えておるものの百倍は大きい」

周樗は噛んで含めるように言った。さらに、

「わしらは母親が自分を大事にしてくれるのは当たり前だと思うておる。しかし、わしらが親孝行するのが当たり前だとは思わぬ。親孝行は特別なことだと思うておる。それはおかしい。孝行は特別にするものではない。当たり前にするのが孝行じゃ」

そして、

「肩を揉んでやるだけでも大変な孝行じゃ。きっと喜んでくださるじゃろ。良い息子に恵まれたとな」

僧堂では周樗に厳しい言葉で叱責されることも多かったふたりは、周樗からそういう言葉を掛けられるとは想像もしていなかった。周樗がどういう気持ちで、そう言うのかも分からなかった。きっと周樗は母親想いであったのだろうくらいにしか考えなかった。

しかし、

「生きているうちに孝行を尽くせよ。亡くなれば尽くそうにも尽くすことは出来ぬ。わしはそういうことが出来なかったでの」

と周梼はしみじみと言った。

周梼が思いがけない言葉を口にしたので、ふたりは驚いて周梼の顔を覗いた。

「わしは親不孝者であった。じゃから後悔しておるのじゃ。この旅はその懺悔なのじゃ」

ふたりはますます驚いた。そして、周梼はなぜ自分を親不孝者と言うのか、なぜ後悔しているのか、そのわけを訊きたいと思った。しかし、ふたりから周梼に訊くことは出来なかった。

周梼もそれ以上は話さなかった。

周梼は道すがらふたりの故郷のこと、両親や兄弟や親戚のことを盛んに尋ねた。それはまるで旧知の家族の消息を尋ねるようで、ふたりは周梼と一遍に親しくなったような気持ちになった。

三人が山陰道を北上し、福知山の手前で綾部から若狭方面へと山陰道を逸れたのはもう三月も十日ほど経った頃のことだった。いよいよ松尾寺へと向かうのだ。それまでの平坦な街道と違って、山々の間を抜けて行く山道であった。

「ここから先は川を渡ったり、険しい道を上り下りしたりしなければならないところもありますが、わたしどもが付いておりますので、ご安心くださいまし。しかし、山に入ると、この時期、まだ残雪があるかもしれませぬ。道がぬかるんでおらぬかと心配しております」

恵谷はこの辺りの地理に詳しいだけに、難所は心得ていた。

恵谷が言った川というのは由良川のことだ。杉尾峠を源にして丹波地方を延々と流れ若狭湾に注ぐ大河である。鮎が釣れるので有名な川だが、川幅も広く渡し船があった。雨季で増水などがあると中々渡れないこともあったが、幸いこの時期は天候も安定していて難なく渡ることが出来た。問題は菅坂《すげさか》の峠であった。箱根峠を思わせるような急斜面を道が曲がりくねって上下しており、ただでも大変な難所である。しかも恵谷が心配していたとおり山々には残雪があり、道は雪解け水で泥になっていて滑りやすかった。周欅が滑って怪我をするようなことがあってはならず、恵谷と明峰は周欅の両脇をしっかり抱えて恐る恐る進んだ。

「すまんな」

周欅はふたりに苦労を掛けていることをしばしば詫びた。

そして、ふたりの手を借りなければ前に進めない自分が情けなかった。京都を出てからすでに十五日を歩き通しており、この頃、疲労が蓄積していた。この山中で何度も休憩を取る必要があった。

「ふう。まだ一か所たりとも巡礼しておらんというのに、この有様じゃ。先が思いやられるな」

恵谷と明峰は周欅が弱音を吐くことに驚いた。若い頃、鉄閻魔と呼ばれて恐れられていたことはふたりも知っていた。容赦ない厳しい修行で天下に名をとどろかせていたことも知っていた。もはや往年ほどの厳しさは無いものの、今日でも寺の修行では、その片鱗を見せていた。それが若い雲水の前で弱音を吐いたのだ。余程体に堪《こた》えているのだろうとふたりは心配した。

そして、しばしば周樗の疲労の色を見ては声を掛けた。

「大丈夫でござりますか？」

そのたびに、周樗は、

「大丈夫。心配は無用じゃ」

と言って、前を向いた。

四苦八苦で峠を越え、一行は一度谷を下ってから青葉山の山中へと足を踏み入れた。ここはかつては修験道の霊山として崇拝されていたところだ。しんと静まり返った深い森の中を恵谷が前に、そして明峰が周樗の後ろになって、ゆっくりと登って行った。そして、ようやくのことで松尾寺に着いたのは三月十四日のことだった。ここまで京都からひたすら歩いて十七日を要したことになる。

寺は杉木立の中に静かな佇まいを見せていた。まだ、屋根にも杉木立にも雪が残っており、山深いことを感じさせた。幸い寺の境内に登る石段の雪は解けており、三人の巡礼者は周樗を先頭にして、山石を組んだと思われる階段を踏みしめるようにして登った。階段を登り切ったところで後ろを振り返ると、眺望が開けていて素晴らしい眺めだった。

「こちらが若狭方面になります」

恵谷が山々が連なっている中で、少し山が開けて空が広くなっている方向を指し示した。

周樗は、その方向を眩しそうに見ながら、

「これから行くところじゃな」

と言って、ため息をついた。

そこには、まだ旅は始まったばかりなのに、これでは先が思いやられるという思いがこめられているようだった。これまで数々の困難にも打ち勝ってきた周樗だったが、老いという困難には抗《あらが》いがたいものがあったのかもしれない。

それにしても、周樗の胸中には安のことが離れなかった。平蔵の話では、安は九十歳を過ぎても段畑に登って働いていたという。段畑を登る辛さは周樗も経験して知っている。それを九十歳を過ぎた老婆が登っていたのだ。周樗は菅坂の峠で難渋しているときに、このことを思い出していた。自分はたまたまここで四苦八苦しているけれども、安はその生涯のほとんどを苦しみを乗り越えながら生き抜いてきたのだ。周樗はついぞそういうことに思い至らなかった自分を恥じた。自分はずっと安に捨てられたのだと思っていた。しかし、平蔵の話はそれを覆すものだった。そして、捨てたのは、実は自分のほうだったのだと気づいては胸が痛んだ。

一行は絶景を堪能してから、本堂へと向かった。この寺のご本尊は三十三か所で唯一頭上に馬の頭を戴くという珍しい馬頭観音だった。しかし、秘仏になっていて拝観することは出来なかった。それでも本堂で読経して手を合わせると、寺を後にした。

元来た石段を下り始めると、恵谷が石段のすぐ横にある崖の日当たりの良いところに黄色い可憐な花々が咲いているのを見つけた。登っているときは皆上ばかりを必死に見ていたから誰も気が付かなかったのだろう。

「あれは八重山吹の花でございましょう」

恵谷が指さして言った。

「おお、そうじゃ。ここにも確実に春が訪れていることの証左じゃな。それにしても可憐じゃの。心が洗われるようじゃ」

周樗は雄大な眺めの中に咲く八重山吹に感動した。そして歌を詠んだ。残雪の山里で咲き誇る可憐な花に心身の疲れが癒されたのかもしれない。

「はるばると峰より谷を見おろせば八重山吹の花さきにけり」

松尾山を下った一行は、麓で一泊したのち、天の橋立へと向かった。

周樗は途中で生まれて初めて日本海を見た。舞鶴の東で若狭湾に出たときだった。

「意外と海が蒼いのう。不思議な色じゃな」

周樗は修行僧として九州から鎌倉へと行脚したときも、師家として鎌倉と京都を幾度となく往復したときも、太平洋側の道しか歩いたことがなかった。

太平洋側の海は明るい。周樗は裏日本の海は暗いと思っていたのかもしれない。それが意外にも明るい緑色に輝いて見えたので驚いたのであろう。

一行は天の橋立までに二度ほど日本海に沿って歩き、由良川の広い河口を舟で渡って三月十六日に宮津へと着いた。途中幾つか山も越えたが、松尾寺への道ほどの苦労は無かった。

目指す成相寺はちょうど天の橋立の北側にあり、成相山の山腹に立つ寺の五重塔が遠くからでもよく見えた。一行は天の橋立の長い松並木を右手に見ながら湾を半周するようにして成相寺を目指した。

天の橋立は日本三景の一つに数えられているだけに湾の周りには宿が立ち並び観光客や巡礼者で溢れかえるようであった。成相山は遠目にはさほど高くは見えず、傾斜も緩やかに見えた。しかも、その麓まで宿が立ち並んでいて、成相寺に登るのは容易《たやす》いように思えた。ところが、寺に登る道は意外に急峻で、しかもここにも雪が残っていた。山から下りてくる巡礼者は例外なく白装束の裾を泥で汚しており、滑りやすい道であることを示唆していた。中には「お気を付けやす」と声を掛けてすれ違う者もあって、恵谷も明峰も気を引き締めた。寺まであと僅かというところで道は一段と険しくなり、恵谷と明峰は菅坂峠のときと同じように周樗の両脇を抱え、担ぎ上げるようにして登った。

そして、ようやく登った寺の境内には天の橋立が一望に出来る展望台があり、ここで三人は一息ついた。そこから見下ろした天の橋立の美しさは例えようが無いものだった。名前の通り、緑の松並木が青い空と蒼い海の中を天空に向かって弓なりに橋を架けたようで、神々しささえ感じさせるものだった。周樗はその景色に思わず手を合わせた。そして、また歌を詠んだ。

「来てみればかねて聞きしに勝りけり宮津のうらの天の橋立」

三人は境内にある五重塔を見上げてから本堂にお参りした。ここの本尊である聖観世音菩薩も秘仏になっており目にすることは出来なかったが、お前立ちに手を合わせて寺を後にした。

山道はどこもそうであるが、登るよりも下りることのほうが難しい。特に急な坂道はそうである。成相寺からの下りも全くそうであった。登りは恵谷と明峰に守られてなんとか滑ることもなく登れた周慱であったが、下りとなると恵谷も明峰も全く頼りに出来なくなった。彼ら自身が滑りやすい雪道に足を取られて態勢を維持出来なかったからだ。周慱が足を滑らせると一たまりもなかった。周慱が落ちるのを恵谷も明峰も支えることが出来ず、三人が一緒に滑落するはめになった。恵谷と明峰が堪らず周慱の手を放すと、周慱ひとりがもんどりうって滑り落ちた。それをふたりの雲水が重なり落ちるようにして周慱の上に被さった。

「お怪我はございませんか？　大丈夫でございますか？　申し訳ございません」

恵谷と明峰は体勢を立て直すと顔色を変えて周慱に不手際を詫びた。そして、それぞれが自分の手ぬぐいを取り出して周慱の汚れた白装束を拭った。周慱の装束は裾はもちろんのこと腰も背中も泥色に染まった。ふたりの雲水は大変なことになったと形相を変えて、周慱の全身を拭った。

「もう良い。少しばかり拭ったところでどうにもなるものでもない。麓に行けば、宿が幾らでもあるから、そこで体を洗って着替えれば良い。気にするでない」

周慱はふたりが恐縮しているのを慰めた。

実際、三人は、それからも麓に下りるまでに二度、三度と滑落を繰り返し、周慱の白装束は面影を失うほど汚れた。どうにも手の付けようが無かった。

ようやく麓が見えたとき、周梼はやれやれというようにため息をつきながら路傍の石の上に腰を下ろした。恵谷も明峰も周梼が足を滑らすたびに引き摺られて一緒に滑り落ちたから、やはり同様に酷い姿だった。

「このようなことになりまして、誠に申し訳ありません」

ふたりは自分たちの不甲斐なさに酷く恐縮して、周梼の前で委縮していた。

「いやあ、このような泥まみれは久しぶりじゃ」

周梼は自分の装束の汚れ具合を確かめるように、体中を見回した。そして、

「わしが月船禅師の東輝庵に初めて登ったときのことを思い出すの」

と言って、東輝庵の裏山の墓地で激しい雷雨と斜面を流れ落ちる泥の川の中で夜坐を組んだことをふたりに語って聞かせた。

恵谷も明峰も、そのような厳しい修行は聞いたことがなく大変驚いた。

周梼は、「じゃから、これしきのこと、何でもないわ」と言って笑った。

恵谷も明峰も、周梼がふたりに気を使って、そのようなことを言っているのが分かったから、余計に恐縮した。

一行は麓に降りると、すぐに大きな宿を見つけて入った。

宿の主人は、三人の汚れ具合が酷いのを見て、一瞬驚いたような顔をしたが、この時期には

そうした巡礼者は珍しくないのか、それほどびっくりした様子でも無かった。

「まあまあ、ずいぶん汚れましたな。道が悪うおましたろ。大変どすなあ。さあさ、風呂はいつでも入れますよって、すぐにお入りなさいまし」

と言って、まず風呂を勧めた。

これは三人には大変有難かった。そして、風呂で汚れた体を洗うと新しい白装束に着替えて、すぐに夕食を取った。

夕食が終わると、三人は一つの部屋で坐禅を組んだ。巡礼の間、三人はこうして寝るまでの間、静かに打坐した。

一炷が終わると、周梼が、「わしは一度、寺に帰ろうと思う」と言ったので、恵谷も明峰も耳を疑った。周梼が巡礼を止めるのだろうかと思ったのだ。予想だにしないことだった。

「このまま続けていれば、おぬしらに迷惑が掛かる。この歳で全ての霊場を一気に廻るのは無理じゃということがよく分かった。万一無理をして倒れでもすれば、寺にも迷惑が掛かるでの。寺には迷惑を掛けないという約束で出て来たのじゃ。それを破ることは出来ん」

天の橋立の後は、播磨にある第二十五番の清水寺、第二十六番の一乗寺、第二十七番の圓《えん》教寺《きょうじ》と廻る予定だった。圓教寺は熊野の青岸渡寺に次ぐ遠隔地にあり、ここに向かって行けば、京都からどんどん遠ざかることになる。体力の限界を感じ始めていた周梼は京から遠く離れることに不安を感じたのであろう。そこで一度戻って体力の回復を図ってから、また改めて

巡礼に出ようと考えたのだ。周樗が三十三か所を何回かに分けて廻ろうということらしいと分かって、ふたりは納得した。そして、

「それがようございます」

と言って賛同した。

実のところ、ふたりも周樗の疲労ぶりを見ていて巡礼を続けるのは無理ではないかと思っていたのだ。しかし、ふたりからそれを言うことは出来なかったし、ましてや周樗が自ら言い出すことは全く予想していなかった。

その夜は、いつもより早く寝た。寝る前に、恵谷は天龍寺に宛てて周樗が北陸から一旦戻るという知らせを文にしたためた。そして、それを主人に天龍寺に急ぎで送るようにと依頼した。主人は彼らが天龍寺から来た僧侶の一行であることは記帳で分かっていたが、恵谷ほか二名としか書かれておらず、周樗が誰であるか知らなかった。そして、

「あの和尚様はどなた様で？」

と訊くと、恵谷が誠拙周樗様と答えたので、目を丸くした。

天の橋立は都から遠く離れていたが都からも旅人の往来が多いところだけに、主人の耳にも周樗の名前は聞こえていたのだろう。

「そうでしたか。おふたりの気の使い方を見ていて相当に地位の高い方とは思いましたが、誠拙周樗様とは。これはお泊まりいただきまして大変光栄にございます」

主人が恵谷に向かって丁寧に頭を下げたので、恵谷は苦笑いした。

翌朝、周樗らが目覚めると、主人はすでに起きていて、三人の部屋にお茶を運んだ。主人が部屋の戸口で畏《かしこ》まって三つ指をついて入って来ると、昨晩は仲居しか顔を出さなかったのが、主人が出て来たので三人は意外に思った。こうした大きな宿で主人自らが客の前にわざわざ茶を運んでくるのは珍しかった。

そして、腰を低くし、まず周樗の前に手を突き頭を下げてから、丁重に両手を添えて茶を出した。

「このたびはお泊まり賜りまして、誠に光栄にございます。お早いお立ちとは伺っておりますが、朝食の準備も出来ておりますので、ご出立までごゆるりとお過ごしくださいまし」

そう畏まって頭を下げた。そして、恵谷と明峰にもお茶を出してから部屋を出て行った。

周樗は、昨日宿に入って来たときには、さほど気を使うでもなく気安く話していた主人が、急に人が変わったように畏まったので怪訝に思った。

主人が部屋を出ると、「何かあったのか?」とふたりの顔を見た。

恵谷は、「いや、分かりませぬ」と答えるしかなかった。周樗が名声を笠に着ることを嫌っていたことを知っており、名前を出したことが分かったら叱責されるかもしれないと思ったのだ。

一行は宿を出ると、京都に向かって南下した。福知山まで下って、そこから元来た山陰道を戻る予定だった。ちょうど途中に来るときは素通りした第二十一番の穴太寺《あなおじ》が亀岡にあり、第二十番の善峯寺《よしみねでら》が西山にあった。これらの寺は街道沿いにあるので、周槨はここに寄りたいと言った。そして、一行は一路穴太寺を目指した。

天の橋立から福知山までは、左手に大江山の雄大な山容を眺めながら幾つも峠を越えた。周槨は京都に戻ると決断したことで気が楽になったのか、相当の疲労にもかかわらず出発の当初は足が軽く見えた。しかし、福知山で一泊して山陰道に入った頃から、極端に足取りが衰えた。一行は雨に見舞われたこともあって、街道沿いの小さな寺の軒先を借りて、雨宿りした。こうしたときにも三人は周槨を真ん中にして並んで坐禅を組んだ。すると、周槨は坐禅のまま、たちまち眠り込んでしまった。その上半身がしばしば前に横に大きく揺れて、いまにも倒れそうで、恵谷も明峰も横目で見ていて気が気ではなかった。ふたりは周槨のこういう姿は見たことがなく、この巡礼の旅がこの老僧にとっていかに過酷なものであるかを知った。

三月二十日、一行は亀岡の穴太寺に着いた。寺は街道から少し脇道に入って村はずれの静かなところにあった。庭が広く、見事な庭園があった。庭は愛宕山が借景となっていて、その傍らに佇むと、良い眺めだった。一行はここでしばらく一服してから、ご本尊の聖観世音菩薩にお参りして、寺を後にした。

もう京都は目と鼻の先だった。普通に歩けば、午後には天龍寺に到着できる距離だった。しかし、問題は善峯寺に寄るかどうかだった。

善峯寺も街道沿いにあるとは言っても穴太寺より街道から大分離れたところにあった。しかも、平地にある穴太寺とは違って、山の中へ入る。松尾寺や成相寺ほどの大変な道ではないが、今の周檑の体力では無理ではないかと恵谷も明峰も心配した。さらに一泊する積りなら、寄れないこともなかったが、一行はその日のうちに天龍寺に着く積りだった。

「善峯寺はまたの機会でもよろしいのではありませんか？」

とふたりは初めて、周檑に意見を言った。

周檑は善峯寺に行ったことがあるという明峰に寺までの道の様子を詳しく訊いた。そして、しばらく考えていたが、

「戻ろう。天龍寺へ」

と言った。

やはり周檑は疲れていたのだ。一日も早く寺に戻って、体を休めたかったに違いない。

一行が巡礼の初めに安全を祈願した松尾神社を通過したのは午後も遅い時間で、渡月橋に着いたときには日が傾いていた。

驚いたことに、渡月橋の欄干には大勢の信徒が並んでいて、一行を出迎えた。天の橋立から天龍寺に送った帰京の知らせが信徒たちの耳にも入っていたのだ。

信徒たちは、ゆっくりと歩いてくる周檑の姿を見て手を合わせた。

周樗の足取りは重く、疲労の色は誰の目にも明らかだった。

「お疲れやす」

「ようご無事で」

といいたわりの言葉が信徒たちの間から飛んだ。

周樗は信徒の出迎えは予想していなかっただけに、驚くと同時に、いたわりの言葉に「ありがとう、おおきに」と礼を言った。

天龍寺に戻って、一息ついた周樗は数日の間朝課と晩課のとき以外は部屋に閉じこもって体を休めていた。それでも彼が帰京することを待っていたように訪問者があって、応じなければならなかった。やがて、周樗でなければ務まらない法要なども入るようになって、ゆっくり休んでいる間もなかった。あっという間に巡礼前の忙しい日常が戻ってしまった。

しかし、周樗にしてみれば、金井の不顧庵で過ごした隠居の時期を除けば、長い間、そうした日々が当たり前だったのだ。周樗はやがて体調を取り戻し、一か月近い不在の間に溜まった法要や雑事を忙しく捌《さば》かなければならなかった。

帰京してから二十日が経った。せっかく体調が整ったのに、このままでは再び巡礼に出る機会を失うと周樗が危惧していたときに、善峯寺の近くの西山で法要があった。周樗はこの機会を逃さなかった。ぜひ善峯寺に寄りたいと思った。幸い信徒が善峯寺に同行したいと言った。

善峯寺は明峰が言ったとおり、街道からは少し離れており、農道を二里（八キロ）歩いたのちに半里ほど山道を登った。この日は午前に法要もあったから、天龍寺との往復に丸一日掛かったが、善峯寺だけでも半日以上は掛かったであろう。北陸巡礼の帰りに、もし明峰らの意見を聞かなかったら、天龍寺へは、その日には着かなかった。それどころか、あのときの疲れ切った体で、ここに寄っていたら、天龍寺に帰り着くことすらままならなかったかもしれない。そう思い返しながら、周檙は北陸への巡礼の過酷さを思い出していた。

とりあえず善峯寺には詣でたものの、周檙は寺の雑事に追われ、巡礼を再開できないまま五月、六月、七月と過ぎ八月に入ろうとしていた。

周檙が意を決して巡礼を再開すると言うと、寺は今度は輿を使ってくれと懇願した。寺の役寮たちは恵谷と明峰から北陸巡礼の様子を聞いており、徒歩で続けるのは無茶だと判断していたのだ。しかも、八月の日差しが強いときに周檙のような高齢者が歩いて廻ろうというのは、倒れに行くのと同じだと誰もが思った。もし周檙が徒歩に拘るならば、寺は絶対に阻止するという構えだった。

周檙は北陸での醜態を恥じて、寺に強く言うことが出来なかった。自分ではあくまでも徒歩で行きたかったが、寺の心配も当然だと思った。不本意だったが、寺の言うことに従った。寺は再び恵谷と明峰を侍従として付け、輿を担ぎ慣れていた寺男を三人ほど同道させた。

そして、八月四日に周檙の巡礼が再開された。

再開に先立って、周樗は寺にひとつだけ注文を付けた。巡礼のことは一切口外してはならぬと言ったのだ。周樗の動静は熱心な信者らの関心の的であったから、巡礼と知れば、すぐに大勢の者たちが見送りや出迎えに集まることは容易に想像できた。しかし、北陸で不本意ながら帰京したときに、その情報が信徒に漏れて出迎えを受けたことは、周樗にしてみれば屈辱だった。いちいち信徒らに監視されているようで居心地が悪かった。

巡礼再開の日、一行は周樗を輿に乗せて嵐山を南下した。二月に出たときは、渡月橋から松尾神社の先まで信者の見送りが絶えなかったが、この日は一人も居なかった。天龍寺から出て来た輿に周樗が乗っているとは誰も思わなかったに違いない。周樗が口外するなと言ったかん口令が徹底されていた証しであった。

南下した一行は、その日のうちに摂津の第二十二番補陀洛山総持寺《ふだらくさんそうじじ》に達した。ここから西の果てにある播磨の第二十七番書寫山圓教寺《しょしゃざんえんきょうじ》まで、ひたすら西に向かって進むことになる。

翌八月五日には、同じ摂津にある第二十三番応頂山勝尾寺《おうちょうざんかつおうじ》と第二十四番紫雲山中山寺《しうんざんなかやまでら》に達した。

中山寺は聖徳太子が創建し、古くは西国巡礼の第一番札所であった由緒ある寺である。

一行の到着はすでに夕闇深い遅い時間であったが、逗留を願い出ると寺はそれが周樗の一行であることが分かって歓迎した。そして、一行を丁重にもてなした。

翌朝、一行は粥座を囲んだのち広い境内に出て、山内を巡った。周樗はその色彩豊かで変化に富んだ伽藍を愉しんだ。本堂は山門からは一段と高い所にあり、その右に五重塔が目立っていた。しかし、それ以上に目立っていたのが左の奥に立つ朱色の多宝塔だった。けっして高い塔ではないが、その鮮やかな朱色が目を引き付けた。この朱色が多宝塔ばかりではなく、阿弥陀堂や焔魔堂の柱や壁、それに屋根の垂木などを彩っていた。本堂の屋根の垂木もまたこの朱色に彩られているだけでなく、外周上部には龍、麒麟、鳳凰などが色彩豊かに描かれ、天井という天井に極彩色の雲龍図や花鳥図が描かれていた。

「由緒に違わぬ立派な寺じゃの」

周樗は、この寺が往時の繁栄を偲ばせて、今なお色褪せていないことに驚いた。そして、一行を温かく迎えてくれたことにも感銘を受け、ご本尊の十一面観音菩薩に長く手を合わせていた。

一行は中山寺を出て、その日のうちに播磨に達し、翌日の七日に第二十五番の清水寺、八日に第二十六番の法華山一乗寺に詣でた。そして、九日についに第二十七番の書寫山圓教寺に達した。

つまり、一行は天龍寺を出て五日で西の果てに到達したのだ。北の果ての成相寺に到達するのに二十日余りを要したことを考えれば、格別の速さであった。北陸の険しい道に比べれば比較的なだらかな道であったこともあるが、北陸よりも遠い距離を、しかも六つもの札所を廻ってなお短期間に踏破できたのは輿のお陰であることは疑いが無かった。

しかし、急ぐ旅では無かった。一行は、書寫山に登って圓教寺に詣でた後、十日を掛けて加古川、明石、須磨、西宮、尼崎、天王寺を歩き八月十九日に大坂の南にある和泉に着いた。第四番札所の槇尾寺《まきおでら》がある槇尾山はもう目の前にあったが、山腹が急であると聞いていたので、麓で一泊した。

朝方は生憎の雨であったが、雨が上がると一行は周樗を輿に乗せ槇尾山に向かった。長い坂だったが、聞いていたほど急ではない。

やがて寺への登山口に茶屋があって、そこを少し登ると山門があった。

一行は、もう寺に着いたと錯覚した。

「聞いていたほどのことは無かったの」

恵谷と明峰は、三十三か所随一の難所と聞いて覚悟していただけにあっけない到着に拍子抜けしたようだった。ところが山門の先の山すそに狭い山道があり、石段が九十九折《つづら》りになって山頂まで続いているらしいのを見て、ふたりは顔を見合わせた。しかも、道は朝方の雨で濡れており、ごろごろした石の表面が滑るだろうことは容易に想像できた。

「これでは輿は無理じゃ」

ふたりは輿の中の周樗に声を掛けて、輿を降りて貰い、一緒に急峻な山道の参道を見てもらった。

「いかがなされますか？」

恵谷は、山頂を見上げている周櫻の横顔を不安そうに見た。

「ほう、なるほど聞きしに勝る難所じゃな。しかし、ここで引き返すわけにはゆかぬ。わしは歩いて登るぞ」

周櫻は輿を担いできた寺男たちを残し、恵谷と明峰だけを伴って山を登り始めた。周櫻は杖を使ったが、石の上を滑って役に立たない。足元もまた滑った。恵谷と明峰は周櫻の尻に廻って体を支え、持ち上げるようにしてゆっくりと登った。山は原生林に覆われており、周櫻は熊野の青岸渡寺への登り道を思い出した。

「青岸渡寺の登り道もきつかったが、ここはさらにきついのう」

途中に弘法大師縁《ゆかり》の御髪堂があった。三人はここで一服すると祠《ほこら》に向かって手を合わせた。

槇尾寺は空海が得度したところで、ここで中国に留学僧として渡る前に剃髪したと伝わる。

ようやく登った槇尾寺はけっして大きな伽藍ではなかったが、整然として落ち着いた佇まいだった。本堂に背を向けて境内の庭を歩くと、目下に葛城連山の山々が広がった。そして、更に遠いところには大和の山々が南北に広がっていた。

「こちらが高野山の方向でしょうか？」

明峰が高野山があるはずの方向を指さしたが、誰にもどれが高野山かは判然としなかった。

それにしても、ここがいかに山深いところにあるかを眼前の山々が教えてくれた。

三人は本堂に戻ってご本尊に手を合わせたが、ご本尊の十一面千手千眼観世音菩薩は秘仏になっていて直接拝観することは出来なかった。

下りの坂道は、登りよりも危険で周樗を守るように恵谷が前に、明峰が後ろに付いて周樗の手を放さなかった。三人の脳裏には北陸の成相寺で何度も滑落した悪夢がよぎっていたに違いない。しかし、滑りやすいとは言っても、成相寺の雪道とは雲泥の差で、恵谷と明峰が慎重に気を付けて周樗を支えていさえすれば滑り落ちることはなかった。

三人は山門まで下りて、寺男たちと合流し、周樗を輿に乗せて次の札所を目指して北上した。周樗はすでに紀州の三つの札所を廻っていたから、南下しなかった。次に目指すのは河内にある第五番の紫雲山葛井寺《ふじいでら》だった。

葛井寺までの道は平たんで、寺も市街地にあった。門前に商店が並び、寺の周りを民家が固めている。これまでの札所のほとんどが容易に踏み入れることさえままならないところにあったのに比べて、人々の日常の中に佇んでいるような寺であった。

問題はここからであった。第六番の壺阪山壺阪寺《つぼさかやまつぼさかでら》から第八番の豊山長谷寺《ぶざんはせでら》は大和《やまと》の山奥にあった。これらの札所は槇尾寺から北の方角に見えた深い山々の中にあった。三人は槇尾寺のような険しい道が待っているのだろうと覚悟していた。

しかし、八月二十二日に葛井寺を出て二十三日には壷阪寺と第七番の東光山岡寺《とうこうざんおかでら》に、そして、二十四日には第八番の長谷寺と思いのほか順調に廻ることが出来た。

確かに、山また山を越える道であったが、心配したほどのことはなく輿を担ぐ寺男たちの頑張りもあって、問題無く越えることが出来た。第九番の興福寺南円堂《こうふくじなんえんどう》から第十四番の長等山三井寺《ながらさんみいでら》までは、第十二番の岩間山正法寺《いわまさんしょうほうじ》が少し山の中に入るが、それも北陸や大和ほどのことはなく、あとは平地にある札所ばかりであった。

難なく九月五日には三井寺に達した。三井寺は琵琶湖の畔に立つ古刹で、古くから東大寺、興福寺、延暦寺と並ぶ四大寺のひとつに称されるだけに古色蒼然とした大伽藍を擁していた。

三井寺で参拝を終えた周樗はここから見える琵琶湖を眺めながら次に廻る札所で迷っていた。第三十番の竹生島宝厳寺《ちくぶしまほうごんじ》に行くかどうかで思案していたのである。というのは、周樗はここで一度天龍寺に戻ることを考えていた。巡礼を再開してからすでに一か月が過ぎて、寺では様々な用事が周樗の帰りを待っているはずだった。それは当然に覚悟して出て来た旅ではあったが、周樗は最後の三寺となる、第三十一番の姨綺耶山長命寺《いきやさんちょうめいじ》、第三十二番の繖山観音正寺《きぬがさざんかんのんしょうじ》、それに第三十三番の谷汲山華厳寺《たにぐみさんけごんじ》はどうしても輿を使わずに歩いて参りたいと思った。そうでなければ母安の供養にはならないと考えたのだ。ここを徒歩で歩くとなれば、更に日時が掛かり、寺に余計な迷惑を掛けることになる。そこで一度戻って、用事を済ませてから改めて廻ろうと考えたのだ。

そうする場合には、第三十番の宝厳寺は廻っておかなければならない。しかし、宝厳寺がある竹生島は琵琶湖の北の端にあり、琵琶湖の南端にある三井寺からはかなり離れていた。ここに行って戻って来るだけでも少なくとも三日は掛かった。したがって、今回は諦めて、最後の三寺を廻るときに、ここを起点にして四寺を廻るということも当然考えられた。

しかし、それでは最後の巡礼の距離が長くなり、ただでも徒歩については天龍寺の役寮たちの反対が予想されるのに、余計に説得が難しくなると心配した。

周樗はどうしても宝厳寺は廻っておかなければならないと決意した。

周樗は一行に「竹生島に向かえ」と言った。

恵谷と明峰は、このとき周樗が最後の三寺を徒歩で廻る考えであることは知らなかった。ここから第三十番の竹生島宝厳寺に行くということは、続いて第三十一番、第三十二番、第三十三番を先に廻り、それから都に戻って残りの第十五番から第十九番の札所を廻るものと思った。だから、巡礼を終えるにはあと十日以上は優に掛かるであろうと思っていた。

「天龍寺は周樗様のお帰りを首を長くして待っているであろうな」

ふたりは天龍寺が輿を用意したのは、周樗の安全を考えてのことは勿論だが、巡礼を早く終わらせたいという意図があったことを知っていた。だからこの巡礼が長くなっていることを心配していた。

一行は琵琶湖を右に見ながら坂本に着いて、ここに宿を取った。ところが、琵琶湖一帯は徐々に風が強くなっており、嵐が近づいている兆候があった。宿の主人に話を聞くと、もし嵐が来れば数日は竹生島への舟が出ないだろうと言う。宝厳寺は島の上にあったから舟で行くしかないのだが、風が強いと転覆する恐れがあって出ないという。実際、過去には何度かそういう事故があり人が死んだ。舟は今津から出ており、坂本から、まだ少なくとも半日は行かねばならない。

一行は、翌朝、早く宿を発った。宿の主人の話では舟は午前と午後に一便ずつ出ていると言う。周樗はどうしても午後の便に乗って、その日のうちに宝厳寺のお参りを終え、一路京都に戻る積りでいた。周樗は今津に向かいながら、空の様子が心配だった。しばしば輿の小さな窓から空を見上げていた。風が強まれば計画がとん挫する恐れがあったからだ。

幸い、一行は午後の舟に間に合った。風が少しあったが、船頭が今日は大丈夫だと言う。しかし、明日は駄目だろうと言うのを聞いて、周樗は急いで良かったと思った。

さほど大きくも無い舟は巡礼者で一杯であった。周樗も二人のお供も、こんな小さな舟に溢れんばかりの人が乗っているのに驚いた。これでは少しの風でも転覆するだろうと気が気ではなかった。

島には小さな桟橋があって、長浜からも舟が来ていた。宝厳寺は島の僅かな傾斜地に多くの伽藍を工夫して建てており、本堂に上がる参道は狭く急だった。そこを多くの巡礼者が上り下りして混雑していた。嵐の前に急いで詣でようという巡礼者が多かったのだろう。

本堂でのお参りを終えて、一行は今津へと戻った。輿は舟に乗せることが出来なかったので、輿と寺男たちが待っていた。

恵谷と明峰は、周樗がここから琵琶湖の北側を廻って、第三十一番の長命寺に向かうものと思っていた。ところが、

「都に戻る」

と言うので、驚いた。

このとき初めて、周樗の口から一度京都に戻って、改めて第三十一番から第三十三番の札所を徒歩で廻る計画であることを聞いた。

一行は再び琵琶湖の西の街道を戻り、都に入ったのが九月八日の夕刻。東福寺の大慈庵に宿を乞うた。都の札所はいずれも東側にあり東福寺に滞在するのが便利だった。東福寺は周樗の一行が巡礼の途中に寄ったことを喜んで歓待した。

一行は翌朝早くに大慈庵を出た。この日一日で残り五つの札所全てを廻る予定だったのだ。中には清水寺や六角堂など周樗がすでに詣でたことがある寺もあったが、一つ残らず廻ることにしていた。周樗を乗せた輿は、都大路を右へ左へと慌ただしく走り回った。最後はかなりの急ぎ足だったが、それでも予定通り都の五寺をその日のうちに廻り終えた。

こうして九月九日に周樗は、最後の三寺を残して全ての札所を踏破した。

周樗が天龍寺に帰ると、それを聞いた信徒や僧侶たちが次々と参じ、その応対に暮れた。予想通り寺の用事が山のように待っており、数日を待たずして、たちまち周樗の日常が戻った。

七

周㮤が最後の巡礼に出たのは翌年の二月のことだった。残るは三寺だけだったので急がなかった。周㮤は最後を徒歩で廻ることを固く決意していたので、その準備に余念がなかった。少しでも時間があれば、供も付けずに嵐山や桂川沿いを歩いた。寺の用事で外に出るときも輿を使わなかった。足を慣らし鍛えるためだった。寺は周㮤が外出するときは輿を使えと再三勧めた。それは周㮤の健康を気遣ってのことは勿論だが、寺の体面もあった。

実際周㮤が徒歩で都を歩く姿を見かけた信者たちは、周㮤のような高僧が輿にも乗らずに歩いていることを不審に思った。そして、輿が壊れたのに違いない。寺には輿を直す金も無いのだろうかとか、輿を担ぐ人夫を雇う金もないらしいとかいう噂が流布した。

そういう噂を気にした寺が、周㮤にこれでは寺が笑いものになって困ると訴えた。

しかし、

「周㮤様は修行中なのだと答えれば良いではないか。あのお方はまだ修行が足りないのだと言え」と言って取り合わなかった。

周㮤は安の命日である二月十四日に法要を済ませると、翌々日の十六日に最後の巡礼の旅に出ることになった。

周欅が輿は要らぬと言ったので、また寺と一悶着があった。しかし、役寮たちは、前年の巡礼で輿を使ったのに、どうしてそこまで徒歩にこだわるのか理解できなかった。疲れたら輿を使い、歩きたければ輿を使わずに歩けば良い。もっと柔軟に考えたら良いのにと言った。そして、輿と寺男を手配し、周欅に同行するように命じた。今度もお供に決まった恵谷と明峰のふたりにも、周欅が疲れたら輿を使えと命じていた。

役寮たちにしてみれば、周欅の健康を気遣って気を利かせた積りだった。そして、周欅とお供の三人が出立する日の朝、師家寮の庭に輿を用意して、一行の見送りに集合した。

役寮のひとりが一同を代表して、見送りの挨拶をした。

「どうぞお気を付けて行ってらっしゃいまし。お輿は要らぬとの仰せでございましたが、万一のためにご用意させていただきました。必要なければ、お使いいただかなくても結構です。しかし、どうかご同行させていただくようお願い申し上げます」

役寮たちは、揃って周欅に頭を下げた。

しかし、周欅はその役寮たちを前にして、顔を紅潮させて怒りを爆発させた。その場に仁王立ちになると、白装束の裾をぱらりと払って、右の脚を露わにした。そのふくらはぎは肉が盛り上がり、とても古希を過ぎた老人のものとは思えなかった。日頃の鍛錬の賜物であった。

「この足が見えぬか？　これでも満足に歩けぬと思う者があれば、この足を持って参れ！」

周樗はそう言いながら、右足の太腿をパン、パンと二度ほど平手で強く打ってから、居並ぶ役寮たちに向かって拳を振り上げた。そして、また、「持って参れ！」と凄みのある大声で怒鳴ると、役寮たちの顔を一人ひとり睨みつけた。その形相は鉄閻魔と呼ばれて恐れられた往年の周樗そのものであった。

役寮たちは、その形相を見て恐れをなした。そして、周樗が己の足で歩くことにいかに重きを置いているかを知った。誰一人として周樗の顔を正視できず、目を上げることが出来なかった。

周樗は、役寮たちが言葉を失っているのを確認すると、近くにいた恵谷と明峰のふたりに声を掛けた。

「参るぞ！」

そして、周樗はうなだれて為す術を失った役寮たちを尻目にしながら、恵谷と明峰を供にして師家寮を出た。もちろん、輿と寺男たちは同行させなかった。

周樗の一行は、都から琵琶湖の南端にある大津に出て、そこから湖の東側の街道を北上した。そして、翌日、十七日の午後に第三十一番札所の長命寺に到着した。寺は湖畔の山腹にあった。さぞかし登ったら眺めが良いだろうと互いに言い合いながら参道の入り口に出ると、見上げるような石段が空高く続いていた。

「本堂まで八百八段とあります」

明峰が、石段の傍らにそう書いてあるのを見つけて青ざめた。

「なあに、成相寺や槇尾寺ほどのことはあるまい。なにしろ、真っ直ぐじゃ。それに滑ることも無さそうじゃ。ゆっくり行けば、何も心配はあるまいぞ」

周榑は一直線に登っている階段を見上げながら、そう言った。これまで数々の難所を越え、何度となく修羅場をくぐって来ただけに、足元がしっかりとした石段ならば、難なく行けるだろうという自信が顔にあった。足を十分に鍛えたという自信もあったに違いない。

三人は途中で休み休みしながらも息を切らして階段を登り切った。境内から見る琵琶湖は、これが湖であるということが信じられないくらいに広大で、まるで大きな湾を見るようであった。

「素晴らしい景色じゃな。こういうものを見ると寿命が延びる気がするの」

周榑が、長命寺という名前に引っ掛けて言ったので、恵谷と明峰は、「まことでございますね」と言って笑った。

三人は本堂で読経して手を合わせてから、長い石段をゆっくりと踏みしめるようにして用心しながら下りた。そして、寺の近くで湖畔の眺めの良いところに宿を取った。

次の第三十二番観音正寺は長命寺からは目と鼻の先と言って良いほど近い。しかし、一行は最後の札所である華厳寺までが遠いことを考えて、宿を朝早く発った。

宿を出てしばらく歩くと、すぐ目の前に二つのこんもりとした山が見えてきた。手前のほうは山というよりは高台で、安土城があったところである。奥の山が観音正寺のある繖山《きぬがさざん》で、遠くから見る限りさほど高い山とは見えなかった。しかし、寺の参道入り口に着くと、道が狭く意外と急峻な登り道になっていた。石段にはなっているが長命寺のようなしっかりとしたものではなく、不ぞろいの石がごろごろと並べてあるだけで、しかも道は九十九折りである。恵谷と明峰は嫌な予感がして周樗の顔を見た。

周樗が、

「成相寺や槇尾寺のことを思えば」

と、また長命寺の時と同じように言ったので、恵谷も明峰も笑った。

しかし、道はかなり急峻で、昨日八百八段の階段を登ったばかりで疲れた足には堪えた。それが十三丁（約一・四キロ）ほど続いて、やっと本堂に着いた。若いふたりでも息が上がるほどであったから、周樗は息も絶え絶えであった。

「あと残すは一寺のみと思えば耐えられるが、この巡礼は最後まで楽をさせてくれんのう」

境内で一息ついた周樗は、思わず弱音を吐いた。

寺は全体として質素な印象だったが、ご本尊の千手千眼観世音菩薩は立派だった。白檀《びゃくだん》の巨木で造ったという像は艶々《つやつや》と輝いていて、良い香りを放っていた。参拝者は像を撫でても良いということなので、三人は高さ二間（約三・六メートル）はあろうという巨像を見上げながら撫でたり摩ったりして手を合わせた。

ここで思いがけず体力を消耗した三人だったが、山を下りて麓の茶屋で一服すると、最後の巡礼地、華厳寺に向かった。

一行はしばらく琵琶湖の東側を長浜に向かい、伊吹山の南を通って垂井に着いた。ここで一泊して、いよいよ永かった西国巡礼の旅に終わりを迎えようとしていた。


一行は青野ヶ原の古戦場を過ぎて赤坂宿から谷汲街道へ出た。そこから北の方向を見ると、遠くに華厳寺がある谷汲山に連なる山々が見えた。その山並みの尾根や山肌に点々と白いものが光っていた。

「残雪があるようです」

恵谷も明峰も、遠くを見て不安を隠さなかった。

「今日で最後の旅じゃ。地獄が待っていようが、あと一日のこと」

周檽はそう言って前を見た。

一行は街道をひたすら北に向かって歩き揖保川を渡った。そこからしばらくの間、谷汲山の前に立ちはだかる山々の間の谷間のような平地をひたすら歩いた。すると、突然目の前が開けた。すぐそこに谷汲山が立ちはだかっていた。

「山が深そうじゃな」

周櫂は山容を見上げて、気を引き締めるように言った。

谷汲山の麓は門前町になっていて宿が軒を並べていた。そこに華厳寺への入り口となる門があり、石畳の参道が延々と続いた。そこに茶店が並んで、どこも巡礼者で埋まっている。そのほとんどが巡礼を終わった人たちだろう。長い旅から解放された喜びに満たされたような笑顔が溢れていた。

一行は谷汲山の山容を見て険しい参道を覚悟していたが、意外にも傾斜の緩やかな坂道が山門まで延々と続いているだけで、あとは本堂に上がる石段が少し急であっただけだった。心配していた残雪も綺麗に道端に避けられていて足元も全く問題が無かった。

本堂に上がると、そこはご祈禱を待つ巡礼者でごったがえしていた。満願結願の寺院ならではの光景だった。

周櫂はそうした周りの喧騒をものともせずに、ご本尊に向拝して読経した。そして、読経が終わってからしばらくの間、目を閉じたまま手を合わせていた。胸に去来したのは母安のことであろう。長い巡礼の旅は安を弔うためでもあった。この巡礼の旅と、安が幼い士郎を伴って家串から宇和島城下へ歩いた旅とでは、その距離も険しさも比べ物にならない。しかし、周櫂は改めて、そのときの安の苦しみを想った。愛する我が子と別れる母親の哀しさはいかばかりであったかとも想った。そして、そうしたことに想いを致すことが無かった己の愚かさを思うと、この二百五十里の旅をもってしても償うことは出来ないと思った。周櫂は改めて胸が痛むのを感じた。そして、目を閉じたまま肩を揺らして嗚咽していた。

恵谷と明峰は、その後ろ姿を見ていた。周樗のこうした姿は想像できなかった。彼の胸中を知る由もなかった。しかし、旅の初めのころに懺悔の旅だと言っていたことを思い出していた。もちろん、何を懺悔しているのかはふたりにも分からなかった。しかし、いかにその後悔の念が深いものであったかを改めて知った。


巡礼の旅が終わってから、周樗は天龍寺の信徒を前にして『臨済録』を提唱することがあった。『臨済録』は禅語録の王とも呼ばれ、周樗はしばしば信徒の前で好んで提唱した。

周樗はこうした提唱の触りの部分で軽い冗談を言ってから始めるのが常であった。ところが、巡礼を終えてから、この部分が従来のものと全く変わった。

「皆がいまここにおるのは、ひとえにそれは母親の慈しみのお陰じゃぞ。父親などというものは子どもが生まれても、犬猫の子が生まれたくらいにしか思わない者もあろう。しかし、母親の子を想う気持ちは父親の百倍も千倍も大きい。子どもなどというものは、その愛情を当たり前と思って有難いと思うこともない。母親も有難いと思って貰いたいと思ってそうしているのではない。無償の愛というのはこういうことを言うのじゃな。しかし、子どもはこれを当たり前のことと思うてはならぬぞ。子どもというものは母親を敬わねばならぬ。母親の愛情を忘れてはならぬ。これを怠れば、あとできっと後悔する。母親の恩に報いようと思ったときには、もうこの世にいないということになる。どんなに母親のためにしてやりたいと思っても、何も出来ないということになる。それはわしが証明しておる。親不孝者のわしが言うのだから間違いない」

周樗がそう言うと、座が盛り上がった。

この年の正月、まだ周樗が巡礼に出る前だった。天龍寺ではとんでもない事件が起きた。火の不始末で庫裡から炎が上がった。炎は強い風に煽られ、北に向かって嵐山の東側を舐めるように広がった。僧堂までには小庵がいくつかあったが、それらを焼き尽くすのにそう時間は掛からなかった。あっという間のことで手を打つ暇もなく僧堂も焼け落ちた。天龍寺はもちろんのこと、師家としての周樗も僧侶育成のための大切な場を失った。

その後、周樗は巡礼に出て戻ったのだが、焼け落ちた僧堂はまだそのままで再建のめどは立たなかった。

周樗はもう鎌倉に帰らなければならなかった。というのは、彼が鎌倉を留守にしている間に、彼の身辺で大きな変化が起きていたからだ。

昨年の七月のことである。幕府は円覚寺に公帖《こうじょう》を降ろし、周樗は東堂位《とうどうい》に昇った。公帖というのは幕府が五山に下す辞令で、東堂位というのは前住職の地位をいう。つまり幕命によって、周檡が前住職を継ぐことが決まったのである。これは周檡に住職を継ぐ準備をせよということに他ならない。もう一度公帖が降りれば、周檡は円覚寺に住山しなければならなかった。しかし、それがいつになるかは誰にも分からなかった。このとき、周檡は天龍寺にいて、三十三か所巡礼の途中であった。しかし、幕府はそれを知らない。円覚寺は周檡が病気療養中だと言って、代理の者を江戸に送って凌いでいた。

結局、周檡が鎌倉に戻ったのは、三十三か所の巡礼を終えた文化十二年（一八一五）の秋だった。このとき、幕府から二度目の公帖が降りた。周檡は無事円覚寺再住開堂の儀式に臨んで、仏殿の寳冠釈迦如来の前で三拝を繰り返した。そして、円覚寺に住山し、第一八九世の住職となった。

すでに師家として、不動の地位を築いてきた周檡であったが、ここに名実ともに円覚寺の最高位に就くことになった。栄達というものを求めなかった周檡ではあるが、これが名誉なことであることは間違いない。寺全体を見る立場であるから責任も格段に重くなった。それまでの多忙に輪を掛けて忙しくもなった。

しかし、周檡は鎌倉に戻ったら必ず実行しようと決めていたことがあった。それが多忙の中で出来ないままであった。それは金井の不顧庵に再び住むことであった。隠居するということではない。すでに自分は隠居が許されない身なのだと観念していた。それが運命だと受け入れていた。

京都に行く前に不顧庵で過ごした五年の間は、周樗にはかけがえのないものだった。茶を立て、歌を詠み、水墨画を描く。これほど満ち足りた時間を過ごしたことはかつて無かった。何物にも替えがたく、それは最高位に就いて多忙を極める身になった今こそ必要なものであった。周樗は金井に人を送って不顧庵の様子を調べさせた。空き家になってからのことが心配だったのだ。幸い、京都に出たときのままであることが分かった。

金井の人たちは、不顧庵を周樗が残していったままにしていた。周樗を忘れないためであった。二度と戻って来ないかもしれないと思っていた。しかし、周樗がここに永遠にいると思いたかったのだ。

その彼らの想いが通じた。金井の人たちは、周樗が戻って来ると聞いて驚くと同時に、大変喜んだことは言うまでもない。

周樗が住むと言っても、今の立場上、以前のようにずっとここに居るという訳にはいかなかったのは仕方がない。月に何日か滞在するのが精一杯で、何か月も空けることもあった。しかし、その僅かな滞在が周樗にとっては貴重だった。

もちろん、金井の人たちは今や最高位の地位にある周樗が長く滞在できないことは分かっていた。以前のように気安く相談できるようなお方ではないことも分かっていた。それでも、今日は居るらしいと分かると、甘い柿が採れましたと言っては籠を一杯にして持って来たり、栗が良い具合に蒸けましたとか、焼けましたとか言っては鍋に入れて持って来たりした。

周樗は大変喜んで、それを茶菓子代わりにしたり、歌や絵の題材にしたりして愉しんだ。

文政元年（一八一八）、周樗が鎌倉に戻って五年が経った。七十四歳になっていた。円覚寺住職としての多忙は相変わらずだった。

ところが、その年の十一月、京都の相国寺からわざわざ役寮らが周樗を訪ねて円覚寺に来山した。九月に完成した僧堂の挨拶ということだった。事前に来訪の知らせを受けていた周樗は、僧堂の完成をわざわざ報告に来るとはやけに丁寧だなと思っていた。書状による挨拶でもなんら失礼なことは無いのにとも思った。

相国寺は周樗が周朝の法嗣となったことから、その法脈にあり、因縁浅からぬ関係にあった。文化六年（一八〇九）に執り行われた開基足利義満の四百年大遠忌に招聘されて『夢窓録』を提唱したこともあった。このとき僧堂再建の計画があることを聞いて知っていた。再建を喜んで激励した記憶もあった。周樗は、そのこともあって、相国寺は周樗に気を使ったのだろうかとも思った。それにしてもわざわざ来山するとは気を使い過ぎていると首をひねった。

大方丈で相国寺役寮らから挨拶を受け、僧堂完成の報告を受けた周樗は、わざわざご報告にお出でいただき恐縮の至りと挨拶を返した。

このとき役寮らは、

「まことにお忙しいことは百も承知の上で」

と畏まった。

そして、周㮘にこの僧堂の師家をお願いしたいのだと懇請し、頭を下げた。

周㮘は彼らがわざわざやって来た理由をようやく理解した。何かあるとは思っていたが、いまさら師家ということもあるまいと想像もしていなかった。

相国寺は京都五山の第二位で塔頭に金閣寺と銀閣寺を擁し、京都のみならず日本を代表する大寺院である。しかも、天龍寺とともに周㮘の法脈の頂点である。何も無ければ、彼はその要請を名誉と思い、一も二も無く受け入れていたであろう。

しかし、円覚寺の住職の身では体が二つなければ無理だった。相国寺の役寮たちもそれを承知のうえで周㮘の前にひれ伏しているのだ。そこにはどうしても周㮘でなければならぬという切実な想いがあった。周㮘はその気持ちを察すると、なんとか出来ないものかと思案した。

周㮘は目の前の畳の上に幾つも並んだ坊主頭を見つめて、「うーん」と唸った。しばらく声が出せなかった。そして、

「そのお話は誠に光栄至極ではありますが、わしの一存ではなんとも」

と言って断らざるを得なかった。

周㮘の頭の中には短期の間であれば寺に代理を置いて行くことも可能であろうという考えもあった。しかし、それでは円覚寺に迷惑が掛かることは目に見えていたので、寺と相談しなければ即答は出来ないと考えたのだ。

相国寺の役寮たちも、そういう事情は当然に理解できた。だから、そこで無理は言わなかった。ただ、
「ぜひともご高配を賜り、色よいご返事を賜りたく」
と言って、また深々と頭を下げて京都に帰っていった。

それから一年の間、周檮はこのことが気にかかっていた。相国寺からも再三懇請する書状が来た。どうしても周檮様にお願いしたいと。周檮もできることなら、すぐにでも行ってやりたかった。しかし、周檮はなかなか寺の役寮たちに、このことを言い出せなかった。迷惑を掛けたくなかったからだ。

しかし、たびたびの懇請を断り続けることにも限界があった。そして、苦しい胸の内を役寮たちに打ち明けた。周檮の苦悩を知った役寮たちは、皆相国寺のためならば、寺を挙げて協力したいと申し出た。そして、期限を定めてのことであれば、その間は自分たちで乗り切ると言った。

周檮は役寮たちの言葉を有難いことと受け止め、相国寺に半年の期間であればと返事を送った。周檮にしてみれば、少なくとも一年は欲しいところだったが、円覚寺に掛ける迷惑を考えてぎりぎりの選択だった。

相国寺ももう少しの間という想いもあったに違いない。しかし、周檮が来てくれるというだ

けで有難かった。

そして、文政三年(一八二〇)の二月、相国寺は周樗が安の七回忌を終えるのを待って、京都から迎えの一行を送った。

円覚寺で一行の迎えを受けた周樗は、彼らが用意した輿に乗った。そして、一路京都に向かうはずだったが、周樗は途中で金井へ寄りたいと言った。玉泉寺の不顧庵である。相国寺の一行は、この辺りの地理は不案内であったので、円覚寺は不顧庵まで道案内を付けた。

周樗は玉泉寺に着くと本堂で読経をしたのち、裏山の竹林にある不顧庵にひとりで登って行った。そして、茶室に入ると、炉の上に置き放しになっていた茶釜を手に取った。長い間使ったお気に入りの釜だけに、いたわるように撫でると奥の戸棚に仕舞った。それから雨戸を引き、表の戸を閉めた。そして、小さな庵の前にしばらく佇んで、じっと物思いにふけっていた。半年後には戻って来るはずだったが、周樗にはこれが見納めになるかもしれないという予感があったのであろうか。

そして、山を下りて来ると、輿の周りに村人たちが集まっていた。皆、周樗が再び京都に行くことを聞いて知っていた。半年の間だということも知っていたが、今年七十六歳になるという高齢を心配した。もう会えないかもしれないと不安を抱く者もいた。それでも、

「行ってらっしゃいまし」

「お元気で」

「必ずお戻りください」

「お帰りをお待ちいたしております」

と次々に声を掛けた。

周樗も、集まった村人たちに長い間の厚誼と見送りに礼を言った。

周樗が乗った輿は金井から東海道へと向かった。金井村を出るまで、路傍に大勢の村人が出て輿を見送った。村人が周樗を見たのは、これが最後となった。

村人たちは周樗が亡くなったあと、寺の境内に塔を建て、この中に周樗の歯と爪が入った壺と写経を納めた。この塔は今日でも爪牙塔と呼ばれて不顧庵跡に残っている。


周樗は、三月十五日に京都に着くと、ただちに師家寮に入った。しかし、久しぶりの長旅は体にかなりの負担になった。そして、しばらく休養が必要だった。四月に入ると高熱が続き、頭がぼおっとするような感覚があった。健康には自信があった周樗だったから、こうして不調が続くのは初めてだった。しばらく寝付くようになって、寺の侍医の診察も受けた。

それでも、四月十四日に行われた僧堂の開単式では導師を務め気丈に振る舞った。実際、このときは少しばかり体調を回復したかのように見えた。しかし、また寝付いてしまった。

五月の末のことだった。彼は家串の平蔵に宛てて手紙を書いた。

「六月末にわしは逝く。それまでに会いに来てほしい」

周愕は自分の死期を悟ったのだ。弟に宛てた事実上の遺言状だった。

六月になると病状の悪化は誰の目にも明らかだった。心配した役寮たちは、万一のことを考えて、病状悪化を知らせる使者を円覚寺に送った。相国寺は周愕の異変を一番で鎌倉に知らせねばならなかった。

十二日には激しい下痢を起こして熱も出した。十三日には昼食を吐いた。食事も喉を通らないようになり、大男だった周愕の体が信じられないほどに痩せ細った。

周愕は弟子の何人かに印可を与え、遺書もしたためた。

そのあと、意識が少し混濁した。

六月二十五日を過ぎると、ほとんど眠ったままの状態になり、意識が戻らなくなった。侍医が常に待機して万一に備えた。

同じ二十八日の朝だった。それまで一度も目を覚まさなかった周愕が目を開けたので侍従たちは驚いて枕元に集まった。

周愕は弱々しい声だった。侍従たちはなかなか聞き取れず耳を周愕の口元に近づけてやっと聞き取った。

「わしは弟の平蔵に会うまで死ねぬ。平蔵がいま佛海寺の和尚と一緒に淀川を舟で北に向かって急いでおる。ここが分からぬかもしれぬから人を出して案内してほしい」

侍者たちは、周愕にどうしてそれが分かるのか不思議がったが、驚いて僧侶という僧侶を都大路へと走らせた。そして、平蔵と佛海寺の僧侶と思しき二人連れを見つけたらすぐに寺に案内するようにと指示を出した。相国寺は烏丸通を北に進んで御所の北側にあったが、少し奥に入るため初めての人では分かりにくい。しかも、周欅が居たのは塔頭のひとつで玉龍院だった。相国寺の総門にも近いが平蔵らはそれを知らないはずだった。周欅はそれを心配したのだ。

家串の平蔵は六月に入ってから周欅の手紙を受け取った。その内容を読んで驚いた。そして、取るものも取りあえず家を飛び出すとまず佛海寺に向かった。その頃の佛海寺住職は古陵原《こりょうげん》頌《こう》であった。霊印の二代後で十四世であった。古陵和尚もこれは大変なことになったと思って、平蔵と一緒にただちに京都へ向かった。ふたりはまず、伊予松山から舟で瀬戸内海を備後に渡る予定だったが、季節外れの大嵐に遭遇して何日も留め置かれた。ようやく舟が再開して備後に渡った時にはもう二十日をとっくに過ぎていた。そして、そこから山陽道を急いで二十七日に大坂に着いた。そこで一泊したのち早朝に淀川を舟で京都に向かった。鴨川で舟を降りたが、相国寺の方面が分からず烏丸通を右往左往していた。そこへ運よく相国寺の僧侶たちが駆け付け、ふたりを大勢で抱えるようにして寺に向かった。僧侶たちも周欅の容態が悪いことは聞いていたから一刻の猶予も許されないと分かっていたのだ。

周欅の枕元で侍従たちが心配していると、玉龍院の玄関に慌ただしく僧侶たちが雪崩れこんできた。そして、侍従たちが平蔵と古陵和尚を周欅の部屋へと案内した。

周欅はそれまで目を閉じていたが、平蔵らが来たことを侍従が告げると目を開けた。そして、体を上げようとしたが上がらなかった。侍従たちがその体を支えるようにして持ち上げようとしたが、苦しそうだったのでそのまま横にした。

平蔵が周欅の枕元に擦り寄ると周欅は平蔵の手を取った。周欅の手はもう痩せ細っていて力が無かった。

「平蔵、ありがとうよ。……わしはお前に会えてうれしい。……お前に会ってお礼も言わねばならぬし……」

周欅の声は消え入るようで、平蔵はその口の動きを注意深く見なければ理解できないほどであった。

平蔵は、周欅が「お礼も言わねば」と言ったので、

「とんでもない、あにさ、お礼を言わなければならないのは、こちらのほうです。こんな立派なあにさを持ってわしはしあわせです」

と言って、涙を流した。

「それに……」

周欅は唇が渇いて、苦しそうだった。

侍従が枕元に寄って、周欅の唇を水刷毛で濡らした。

周欅は一呼吸すると続けた。

「それに、……許しを……」

周樗は呼吸が苦しそうで言葉を繋げられなかった。

「許し？」

平蔵は周樗が何の許しを請おうとしているのか理解できなかった。

「おかあは……わしを、……わしを……許して……くれる……じゃろうか？」

周樗は声を振り絞っていたが、呼吸が荒くなって一気に言うことが出来なかった。

「おかあが許す？」

平蔵は周樗が何のことで安の許しを請うているのか理解できなかった。

「わしは、……わしは、……悪い……むすこじゃった。……いつも、……おかあに……迷惑ばかり……かけて……」

周樗は一度、大きく呼吸した。

「それでも、……それでも、おかあは、……わしを、……わしを忘れんで、……いてくれた。……それなのに、わしは、……わしは未熟者であった。……おかあの、……おかあの気持ちも知らんで……」

平蔵は、周樗が何を言いたいのか分かって、涙を流した。

「あにさ、おかあはきっと許してくれますともさ。きっと許してくれますとも」

平蔵は周樗の耳が聞こえぬかもしれぬと思って、耳元で大きな声を出した。そして、泣いた。

「そうか……それなら、……それなら……よい。……平蔵が、……平蔵が、……そう……言うて、……くれる……なら」

周樗は残った僅かな力で平蔵の手を握りしめた。そして、

「あ、あり、……ありがと」

と言ったきり、手の力が抜けた。

周樗の眼には涙が溢れていた。平蔵がその涙を拭った。

侍医がすぐに枕元に駆け付けた。そして、周樗の手を取って脈を診た。

しばらくして、侍医は周樗の手をそっと胸元に戻すと深く頭を下げ、手を合わせた。

部屋の外に控えていた侍従は、一礼するとただちに大方丈へ知らせに走った。

彼は目を泣き腫らしながら、大方丈に連なる広い参道を全力で走った。そして、大方丈の庭に出ると、正面に向かって一礼し、涙を振り払うようにして声を限りに張り上げた。

「ただいま！　……ただいま、誠拙和尚様がご遷化なされましたぁ！」

その声は大方丈に響き渡った。


周樗の遺骸は翌日、相国寺玉龍院で密葬され、同日、東山の慈照寺（銀閣寺）境内で荼毘《だび》に付された。棺が運ばれた玉龍院から慈照寺までの今出川通りには相国寺のみならず天龍寺の檀家や信徒も駆け付け、手を合わせる人たちで埋まったという。

遺骨は相国寺心華院で葬儀が行われて分骨されたのちに、鎌倉に送られた。

七月十三日に相国寺の僧侶たちの一行が、紫色の法衣に包まれた骨壺を携えて東海道を鎌倉に到着した。これに円覚寺から来た迎えの僧侶たちが合流し、葬列は優に百名を超えた。

葬列は若宮大路から円覚寺へと繋がる鎌倉道を進んだ。通りには大勢の檀家、信徒を始め誠拙周樗という名僧の葬列を一目見たいという人々で埋め尽くされた。ここには金井や永田で周樗を慕っていた大勢の村人たちもいて、皆手を合わせて泣いたという。

十七日に円覚寺境内の佛日庵で行われた葬儀には全国から五百人を超える僧侶が集まった。この日も多くの檀家、信徒が集まったが、境内に入り切ることが出来ず、円覚寺の周りは手を合わせる人々で埋め尽くされたという。

周樗が遷化してから百年が経った大正八年（一九一九）、大正天皇から誠拙周樗に国師号が贈られた。国師号は最高位の僧侶だけに与えられる諡号《しごう》だ。これ以降、大用《だいゆう》国師誠拙周樗が今日まで残る正式な名前となった。

この年、円覚寺では誠拙周樗の百年大遠忌が盛大に執り行われた。

導師は管長の釈宗演（一八六〇〜一九一九）であった。彼の人気もあって、円覚寺には千人近い人々が集まったという。

宗演は一八九三年のシカゴ万国博覧会に参加し、禅の教えを世界に説いた。その後、彼に帰依していた居士鈴木大拙の活躍などもあり、今日のように禅が世界に普及する嚆矢となった。

周樗が再興した円覚寺僧堂は釈宗演や朝比奈宗源を始め、今日の横田南嶺《なんれい》管長に至るまで多くの名僧を輩出し今に至っている。平成三十一年（二〇一九）春には、周樗が遷化してから二百年が経った。今日では檀信徒でさえ周樗の名前を知る者は少なくなった。それでも大用国師誠拙周樗二百年大遠忌には二百名を超える数の僧侶や信徒が集まったという。今なお、周樗の遺徳は日本と、そして、世界の禅を支えているのである。

了

鬼島　紘一（きじま　こういち）

1953年千葉県生まれ。東京大学文学部心理学科卒業。大手製鉄会社、建設会社勤務などを経て、現在お茶の水メンタルオフィス主宰。心理カウンセラー。『アフガンの義足士』で第1回東京図書出版会出版文化賞最優秀作品賞受賞。『告発』（徳間書店）、『メナムの濁流』（双葉社）、『ニューヨークの魂』（花伝社）、『囚われのプリンセス』（リタペディア）、『談合業務課』（光文社）、『妻恋坂マンション』（徳間書店）などの作品がある。

相克
— ある禅僧と母との心の葛藤 —

2023年6月24日　初版第1刷発行

著　者　鬼島紘一
発行者　中田典昭
発行所　東京図書出版
発行発売　株式会社 リフレ出版
〒112-0001　東京都文京区白山 5-4-1-2F
電話（03）6772-7906　FAX 0120-41-8080
印　刷　株式会社 ブレイン

ISBN978-4-86641-654-0 C0093
Printed in Japan 2023